忆梅西洲

乐府名篇聆听与欣赏

丛书主编◎朱建纲
朗　诵◎王雪纯
编　著◎沈　静

CNS 湖南电子音像出版社
Hunan Electronic And Audio-visual Publishing House

图书在版编目(CIP)数据

忆梅西洲：乐府名篇聆听与欣赏 / 朱建纲主编；沈静编著. —长沙：湖南电子音像出版社，2017. 11

ISBN 978-7-83004-324-7

Ⅰ. ①忆… Ⅱ. ①朱… ②沈… Ⅲ. ①乐府诗-诗歌欣赏-中国-古代 Ⅳ. ①I207. 22

中国版本图书馆 CIP 数据核字(2017)第 214485 号

忆梅西洲——乐府名篇聆听与欣赏

YIMEI XIZHOU　YUEFU MINGPIAN LINGTING YU XINSHANG

沈　静 / 编著

丛书主编：朱建纲
出 版 人：杨　林
朗　　诵：王雪纯
责任编辑：钟伦荣
技术编辑：王　枢
书籍设计：肖睿子

发　行　湖南省新华书店经销
印　刷　长沙超峰印刷有限公司
版　次　2017 年 11 月第 1 版
印　次　2018 年 4 月第 1 次印刷
书　号　ISBN 978-7-83004-324-7
开　本　787mm×1092mm　1/32
字　数　115,000
印　张　8
定　价　36.00 元

乐府简介

"乐府"这一名称，一是指音乐机构名称，二是指诗歌体裁。

作为音乐机构的乐府，始置于秦代，但秦及汉初的乐府规模很小，不过是在太常所辖属的官中设太乐令一职，以掌管宗庙音乐。至汉武帝时，为"定郊祀之礼"，"乃立乐府"，专管宗庙祭祀之外的音乐歌舞，规定其职能在为文人诗赋谱曲、训练乐员、担任演奏之外，还沿用周代采诗的传统，采集各地民歌以观风俗。据记载，当时采集的民歌有 138 首，采地几乎遍及全国。这些流传民间的口头诗歌得以收集，是乐府的功绩。汉哀帝时期裁撤掌管俗乐的乐员 441 人，只留下 380 人掌管郊庙燕享之乐，但当时朝廷内外皆好新声俗曲，俗乐民歌并未因此中断。东汉时期，乐府纯属宫廷礼仪、祭祀、宴乐服务的御用音乐官署，未见有采风的记载，但东汉有听风观政的用人政策，民间歌谣仍得以序录，乐工采以入乐也就方便了，今存汉乐府民歌以东汉为多即是证据。

两汉所采集的民歌，汉代人原本称之为“歌诗”。因是乐府所采集，又可入乐演唱，至魏晋南北朝时期，人们便将其称为“乐府”。这样，“乐府”就由官署名称演变为一种诗歌体裁的名称。而自曹操“借乐府古题写时事”之后，文人多采用乐府旧题写作，这些诗不一定入乐歌唱，因沿用了乐府旧题，亦称乐府。另外，作为诗歌体裁，宋元时期有将词、曲称乐府的情况，如苏轼的《东坡乐府》、马致远的《东篱乐府》，此另当别论。

总之，乐府原是官署之名，后演变为一种诗体，包括乐府民歌与文人乐府两个部分。乐府民歌仅指乐府机关采集的入乐歌唱的各地民间诗歌，而文人乐府则复杂得多，大致有以下三种情形：其一，根据乐府旧曲谱，重新创作新词入乐；其二，袭用乐府旧题，继承乐府精神，重新写的不入乐之诗；其三，不袭用旧题而另立新题，另起新意的新乐府诗。

纵观整个乐府诗史，乐府诗的传承一直经久不衰，其发展大致可分为两汉乐府、魏晋南北朝乐府、隋唐乐府、宋金元乐府和明清乐府几个阶段，其中又以两汉乐府、魏晋南北朝乐府和隋唐乐府的成就为高。

两汉乐府是乐府诗之始，所体现的“感于哀乐，缘事而发”精神，正是对《诗经》现实主义传统的继承和发扬。从形式上看，两汉乐府多用三言、四言、五言或杂言，除少数作品外，一般篇幅都比较短小。从内容上看，这一时期的乐府诗，多写爱情婚姻、战争徭役、孤儿病妇和感时伤世等，其代表作有《战城南》《十五从军征》《枯鱼过河泣》《上邪》《江南》《有所思》《白头吟》《艳歌行》《妇病行》《孤儿行》《东门行》《上山采蘼芜》《饮马长城窟行》《陌上桑》《长歌行》《孔雀东南飞》等。此外，一些帝王或文人的拟乐府亦不乏佳作，如刘邦的《大风歌》、刘彻的《秋风辞》、辛延年的《羽林郎》、宋子侯的《董娇饶》等。

魏晋时期的乐府多为文人拟作，其形式有四言、五言、七言，篇幅也较长，内容则多反映现实生活。这是文人拟作乐府诗的第一个兴盛期。曹操的《苦寒行》《蒿里行》《短歌行》等佳作，既反映了汉末社会的动乱，同时也在字里行间流露出诗人老当益壮、建功立业的昂扬精神；曹植一生怀才不遇，备受压抑，其作品多是苦闷抑郁之气的倾吐，如《箜篌引》《美女篇》《野田黄雀行》等；曹丕则以写思妇怀远的《燕歌行》为代表作，感情细腻，句句押韵且一韵到底，被视为最早的一首完整的七言诗。“建安七子”的佳作，王粲的《七哀》以董卓余党之乱为背景，写一“饥妇人”“抱子弃草间”的人间悲剧；陈琳的《饮马长城窟行》则以修长城之苦揭露暴政；阮瑀的《驾出北郭门行》乃是一篇后母虐待前妻之子的“孤儿行”。至于两晋乐府，则以张华的《轻薄篇》、陆机的《猛虎行》《君子行》《门有车马客行》和陶渊明的《挽歌诗》等为代表作。

南北朝乐府则主要是民歌，绝大部分为五言四句，篇幅短小。其中南朝民歌数量庞大，几乎全是写男女爱情婚姻，有的甚至是大型组歌，手法多用比兴、双关，风格清新自然、迂回含蓄，代表作有《子夜歌》(4 首)、《子夜四时歌》(75 首)、《懊侬歌》（14首）、《读曲歌》（89首）等，《西洲曲》则代表了南朝民歌的最高成就。北朝民歌现存60余首，亦不乏组诗，或写战争悲剧，或写尚武精神，或写羁旅行役，或写男女爱情婚姻，风格粗犷、质朴，主要作品有《紫骝马歌辞》（7首）、《琅琊王歌辞》（8首）、《捉搦歌》（4首）、《折杨柳歌辞》（4首）、《敕勒歌》《李波小妹歌》《木兰诗》等，其中以《木兰诗》最为杰出。除民歌之外，南北朝乐府也有少量文人乐府佳作，南朝如鲍照的《代东门行》《代悲白头翁》《拟行路难》等，北朝如庾信的《燕歌行》《怨歌行》《杨柳歌》等。

隋代乐府多为文人拟作，见于《乐府诗集》的60余首，代表作品有卢思道的《从军行》《美女篇》、薛道衡的《昔昔盐》、辛德源的《白马篇》、隋炀帝的《春江花月夜》等。

唐代为诗歌的王朝，乐府诗在唐代获得了前所未有的繁荣，《全唐诗》中标明“乐府”的作品有1200余首，涉及诗人230余人。从留存的作品看，以文人创作为主体的唐代乐府不但内容题材异常丰富，而且佳作频出：或写战争徭役，如李世民的

《饮马长城窟行》，陈子昂、王昌龄的《出塞》，李颀的《古从军行》，卢照邻、李白的《战城南》，王维的《陇头吟》，杜甫的前、后《出塞》和《兵车行》，白居易的《新丰折臂翁》等；或写男女爱情婚姻，如张祜的《莫愁乐》，李白、王昌龄的《采莲曲》，张籍的《妾薄命》，白居易的《长恨歌》，张继的《长相思》，刘叉的《怨诗》等；或写宫妃宫女生活，如李白的《怨歌行》，太宗贤妃徐惠、岑参的《长门怨》，刘禹锡的《阿娇怨》，陆龟蒙、刘云的《婕妤怨》，杜甫的《丽人行》，白居易的《上阳白发人》等；或感怀世事、思考人生，如张若虚的《春江花月夜》，孟郊、崔颢的《长安道》，元稹的《董逃行》，李白的《上留田》《野田黄雀行》《蜀道难》，杜甫的《苦寒行》《贫交行》，刘希夷的《代悲白头翁》等；或写游侠任气，如李白、王维、王昌龄、杜牧的《少年行》，李白的《侠客行》，李益的《汉宫少年行》，高適的《邯郸少年行》，元稹的《侠客少年行》等，或写民生疾苦，如白居易的《观刈麦》《卖炭翁》《琵琶行》，元稹的《田家词》，张籍的《野老歌》等。

可见，较之前代乐府，唐代乐府的题材范围尤其广阔，而这，正是新乐府运动及其创作实践的丰硕成果。中唐时期，以白居易、元稹为首倡导的新乐府运动，是一场以创作新题乐府诗为主旨的诗歌革新运动。白居易在《与元九书》中明确提出新乐府运动的理论主张：“文章合为时而著，歌诗合为事而作。”元稹《乐府古题序》中也主张“即事名篇，无复依傍”“或颇同古意，全创新调”。这对魏晋以来的一些虽沿用古题但内容与题目不协调，或虽用新题但内容又并非时事的文人拟作来说，无疑是一次从理论到实践的突破和发展，承接汉乐府“感于哀乐，缘事而发”的现实主义传统，对后世的乐府诗创作影响深远。

经过唐代乐府的井喷式发展，宋金至元明清及近代的乐府创作相对式微，且基本为文人乐府，虽有佳作，但较之两汉、魏晋南北朝及唐代，已大为逊色。

北宋郭茂倩将唐五代以前的乐府诗结成《乐府诗集》，共分为十二类：郊庙歌辞、燕射歌辞、鼓吹曲辞、横吹曲辞、相和歌辞、清商曲辞、舞曲歌辞、琴曲歌辞、杂曲歌辞、近代曲辞、杂歌谣辞、新乐府辞。本书所选乐府名篇都出于本书，主要集中于两汉乐府及南北朝乐府，延伸作品少量涉及魏晋及唐代作品，辅之以注解及鉴赏文字，希望有助于品读和领悟。

王雪纯

中央电视台文艺中心国际部著名主持人。1993年毕业于北京广播学院播音系。2003年获澳大利亚La Trobe大学传播学硕士学位。在从事播音主持的十余年间，先后在中央电视台主持《正大综艺》《音乐故事》《环球45’》《轻松音乐学英语》等节目，曾参加多部译制片的配音及节目编导工作，多次主持中央电视台和文化部组织的大型文艺晚会。

1997年获全国电视文艺“星光奖”优秀主持人单项奖，第三届中国播音主持“金话筒”银奖，1999年获第四届中国播音主持“金话筒”金奖，被授予“全国十佳电视节目主持人”的荣誉称号。

目 录

01. 战城南

无名氏

战城南，死郭[1]北，
野死[2]不葬乌可食。
为我谓[3]乌：
“且为客豪[4]，
野死谅[5]不葬，
腐肉安能去子逃[6]？”

水深激激[7]，
蒲苇冥冥[8]。
枭骑[9]战斗死，
驽马徘徊鸣。

梁[10]筑室[11]，
何以南梁何以北？
禾黍不获君何食？

愿为忠臣安可得？

思子良臣[12]，

良臣诚可思！

朝行出攻，

暮不夜归。

---

①郭：外城。

②野死：死在野外。

③谓：告诉。

④客：这里指战死者。战死的将士都远离家乡，所以称“客”。豪：同“号”，号哭吊唁。古人对于新死者须行招魂之礼，招时且哭且说，就是号哭。

⑤谅：想必。

⑥安能去子逃：怎能逃开你们的啄食呢？安，怎么。子，你，你们，这里指乌鸦。

⑦激激：流水清澈的样子。

⑧冥冥：茂盛繁密，显得昏暗。

⑨枭骑：勇猛善战的骏马。

⑩梁：据郭茂倩《乐府诗集》，“梁”为表声字，无义。“何以南梁何以北”中的“梁”亦如此。

⑪筑室：指土木工事。

⑫思子良臣：怀念你们这些忠心为国、献身沙场的将士。

扫一扫，静静聆听

参考译文

城南城北都有战争，战死的将士就这样被弃尸野外，成群的乌鸦飞来啄食。请替我们对乌鸦说：“（在啄食之前），姑且为这些客死他乡的人号哭几声吧！战死野外想必也无人安葬，腐烂的尸体哪能逃得了你们的口呢？”

清澈的河水在不停地流淌，茂密的蒲苇显得更加葱郁。骏马英勇战死，劣马徘徊悲鸣。

为修筑城堡工事，（服役的壮丁们）被迫南征北调，（无法从事农耕。）连禾黍都不能收获你吃什么？就是想成为忠臣都无法实现啊！

怀念你们这些忠诚的将士啊，你们实在令人怀念：早晨还一同出去打仗，晚上却看不到归来的身影。

赏 析

《战城南》在《乐府诗集》中属“鼓吹曲辞”，这是一首反对战争、悼念阵亡将士的诗。

全诗分为四层。

诗歌一开始就展开了一幅尸横荒野、惨不忍睹的场景，“野死不葬乌可食”中的“可”字，正话反说，是诗人无比激愤之辞。而面对此番惨景，诗人竟发奇想，要乌鸦为客死他乡的将士们行招魂之礼，悲伤痛悼之意和无可奈何之情尽显。

接下来的第二层，诗人用蒙太奇手法组合四幅画面，极力渲染战场死寂凄凉的气氛，进一步抒发深沉而强烈的激愤之情：流水“激激”，反衬战场的沉寂；蒲苇“冥冥”，烘托战场的昏暗；战死的骏马和悲鸣的劣马，写尽战斗的残酷。

诗歌的第三层，将笔锋从战场移开，另起新意，从社会的角度写战争的破坏性：战争让前方的将士沙场捐躯，也使整个社会动荡不安。统治者穷兵黩武，前方将士曝尸荒野，后方人民征调应役，无暇稼穑，而禾黍不获又使人民无力征战，欲为“忠臣”而不能。行文至此，诗歌的思想更深刻，境界更开阔。

诗歌的最后一层，与开头呼应，缅怀和歌颂阵亡将士的功绩，直接抒发诗人的哀悼。诗人以对比强烈的“朝行出攻”“暮不夜归”两句收结，既有对将士们英勇无畏精神的景仰与赞美，又有对其不幸命运的同情与不平；既是对残酷战争的无情抨击，更是对发动战争的统治者的血泪控诉，戛然而止又余韵悠长。

燕歌行（并序）

［唐］高適

开元二十六年，客有从御史大夫张公[1]出塞而还者，作《燕歌行》以示[2]適，感征戍之事，因而和焉。

汉家烟尘[3]在东北，汉将辞家破残贼[4]。
男儿本自重横行[5]，天子非常赐颜色[6]。
摐金伐鼓下榆关[7]，旌旆逶迤[8]碣石间。
校尉羽书飞瀚海[9]，单于猎火照狼山[10]。
山川萧条极边土，胡骑凭陵[11]杂风雨。
战士军前半死生，美人帐下犹歌舞。
大漠穷秋塞草腓[12]，孤城落日斗兵稀。
身当恩遇恒轻敌，力尽关山未解围。
铁衣远戍辛勤久，玉箸[13]应啼别离后。

少妇城南[14]欲断肠，征人蓟北[15]空回首。

边庭飘飖那可度，绝域[16]苍茫更何有！

杀气三时作阵云，寒声一夜传刁斗[17]。

相看白刃血纷纷，死节[18]从来岂顾勋？

君不见沙场征战苦，至今犹忆李将军。

---

①张公：即张守珪，唐朝名将。

②示：给……看。

③汉家：汉朝，这里借指唐朝。烟尘：战争。

④残贼：残暴凶恶的敌人。

⑤横行：纵横驰骋，无所阻拦。

⑥非常赐颜色：超出平常的厚赐礼遇。非常，非同寻常，特别。赐颜色，赐予荣光。

⑦摐(chuāng)：击打。金：行军时用来节制步伐的钲。伐鼓：打鼓。榆关：山海关。

⑧旌旆（jīngpèi)：军中的各种旗帜。旌，用羽毛装饰竿头的旗；旆，末端状如燕尾的旗。逶迤（wēiyí)：蜿蜒不绝的样子。

⑨羽书：即羽檄，紧急文书。瀚海：沙漠。这里指内蒙古东北西拉木伦河上游一带的沙漠。

⑩猎火：古代游牧民族在出征前常举行大规模的狩猎行动，作为军

事演习，此处借指受游牧民族侵扰而引发的战火。狼山：狼居胥山，在今内蒙古赤峰克什克腾旗西北一带，此处并非确指。

⑪凭陵：仗势欺凌。

⑫穷秋：晚秋，深秋。腓（féi）：枯萎。

⑬玉箸（zhù）：玉制的筷子，古代常常用来形容妇女流的眼泪。

⑭城南：唐代长安住宅区都在城南。

⑮蓟（jì）北：泛指今河北东北部边地。

⑯绝域：极远之地。

⑰刁斗：军中铜制用具，白天用来做饭，晚上用来敲更。

⑱死节：为国捐躯的志节。

赏析

高適（约700—765），字达夫，盛唐著名诗人。渤海蓨（今河北景县）人。少贫寒，20多岁时曾两入长安博取功名，均失意而归，漫游燕、赵、梁、宋一带。40岁后举“有道科”，授封丘尉，不久辞去，在河西节度使哥舒翰幕中任掌书记。“安史之乱”后任四川节度使等，官至散骑常侍。其诗思想情感深沉雄厚，语言洗练苍劲，尤以边塞诗著称于世。

《燕歌行》属“相和歌辞”。高適这首《燕歌行》虽用乐府旧题，却是因时事而作，其主旨在于谴责将领骄傲轻敌、荒淫失职造成战争失利，使广大士兵受到极大的痛苦和牺牲。全诗共二十八句，分为四层。

开头八句写出师，由“辞家”而“榆关”“碣石”，更至“瀚海”“狼山”，逐步推进，写征程极其凝练。军队出发前将军的豪言壮语、皇帝的赏赐鼓励以及金鼓震天、旌旗招展的行军场面，均是明褒暗贬，意在讽刺边将的恃勇轻敌，并为下文写惨败埋下伏笔。

自“山川萧条极边土”至“力尽关山未解围”八句是第二层，写战败。在北国广漠无垠的大地上，胡兵凭借有利地形展开凌厉的攻势，战士们面对强敌，殊死抵抗，死伤过半；将军此时却在军帐中欣赏歌舞，饮酒作乐。苦乐殊异的事实对比，有力地揭露了将军和士兵的矛盾，也直接暗示出战斗的结果：一场惨烈厮杀后力竭兵稀，重围难解。

自“铁衣远戍辛勤久”至“寒声一夜传刁斗”

八句是第三层，写被围。这一节从时空角度着笔，先运用类似电影分镜头的处理方法，征夫思妇、思妇征夫，交错切换，写尽疆场征夫远戍、被围难归之苦和家乡思妇怨旷难诉、涕泣断肠之痛；然后再度聚焦于疆场，由白天而黑夜，由厮杀而休整，写士兵被围困的险境，再次点明重围难解，战事旷日持久。

最后四句收束全篇，淋漓悲壮，感慨无穷："相看白刃血纷纷，死节从来岂顾勋"，战士们浴血奋战，视死如归，哪里是为了取得个人功勋！字里行间饱含着对战士的悲悯和礼赞。最末二句更是用西汉"飞将军"李广之典，将李广爱护士兵、战功赫赫的形象与他骄横的"汉将"形象形成鲜明对比，进一步深化了诗歌的主题。

02. 有所思

无名氏

有所思，
乃在大海南。
何用问遗[1]君？
双珠玳瑁[2]簪，用玉绍缭[3]之。

闻君有他心，拉杂摧烧[4]之。
摧烧之，当风扬其灰。
从今以往，
勿复相思！
相思与君绝！
鸡鸣狗吠，兄嫂当知之。
妃呼豨[5]！秋风肃肃晨风飔[6]，
东方须臾高知之[7]。

①何用：用何，用什么。问遗（wèi）：赠送。

②玳瑁（dàimào）：一种爬行动物，形状像龟，甲壳光滑有斑纹，加工后可做装饰品。

③绍缭：缠绕。

④拉杂：折断，打碎。摧烧：折毁焚烧。

⑤妃呼豨（xī）：叹息之声。一说是表声词，无意义。

⑥肃肃：象声词，形容风声。这里指鸟的悲鸣声。晨风飔（sī）：言晨风鸟悲鸣，此句在写景中隐喻求偶失败之意。晨风，鸟名。飔，当作“思”。

⑦须臾：不久。高（hào）：同“皓”，白，指天色渐明。这句的大意是：主意不定，或许等天亮之后，就会知道该怎么办吧。这显然是自慰之词，以不了而了之。

扫一扫，静静聆听

参考译文

我所思念的人啊，就在大海的南边。我拿什么赠给你呢？悬着两颗珍珠的玳瑁簪，再用美玉缠绕装饰它。

听说你有二心，（于是我）折断簪子，砸碎它，烧掉它！烧掉它，迎着风把灰烬扬洒。从今往后，不再思念你，同你断绝相思！（然而）当初与你约会时，不免引起鸡鸣狗吠，兄嫂也可能知道了此事。唉，秋风肃肃，晨风鸟悲鸣，一会儿天亮了，或许我就会知道该怎么办。

赏析

这是一首感情真挚、热烈的情歌，属《乐府诗集》中的“鼓吹曲辞”。诗歌通篇以自述口吻突出一个“思”字，用细腻而生动的笔调展示了女子感情上的波澜变化。

开头五句是第一层，写爱之切。所思之人，远在海之南，赠以精美的玳瑁簪，单从女主人公对礼品非同寻常、不厌其烦的层层装饰上，便可窥见其内心积淀的爱慕之深、相思之切。从“闻君有他心”至“相思与君绝”为第二层，写恨之极。“闻君有他心”，便将簪子“拉杂摧烧”且“当风扬其灰”，此番动作细节与前面形成对比，可以看出她爱是真爱，恨是真恨。诗人用了重复句法，深化了女主人公的感情。姑娘表示“勿复相思！相思与君绝”，语言急促，感情激愤，血性形象跃然纸上。最后五句为第三层，写复杂、矛盾的心情。真的要“与君绝”？她感到犹豫、迷惘。所以，愤怒发泄之后，她又冷静下来，冲动仅余微波，语气也转为叹惋。她回想以前两人幽会时惊动了鸡犬，兄嫂肯定有所察觉，这时的她仍然是相思。最后只能说等天亮就该知道怎么办了。其实这只是一种自我安慰，“相思与君绝”的问题并未解决，只能是不了了之。这种心情写得真实感人。

乐府诗多有叙事的特点，这首诗也是如此。它按照时间顺序，层次分明，结构完整；文势有起伏变化，于一波三折中，人物形象更加鲜明。诗歌还成功运用了动作描写和心理描写的手法，如写女主人公制作和烧毁“双珠玳瑁簪”并扬灰的动作，写她夜晚思前想后的心理活动，典型而生动，细腻而真实。

赋得有所思

[南朝梁] 庾肩吾

佳期竟[1]不归，春日坐芳菲。
拂匣看离扇，开箱见别衣。
井梧生未合[2]，宫槐卷复稀[3]。
不及衔泥燕，从来相逐飞。

---

①竟：完毕，结束。

②生未合：当是双关语。井边梧桐，嫩叶初生，枝叶扶疏；游子思妇，生而别离，天各一方。

③卷复稀：亦是双关语。风拂宫槐，枝叶交复又分离；游子思妇，聚散两依依。

赏析

庾肩吾（487—约552），字子慎，一作慎之，南阳新野（今属河南省）人。工诗赋。诗与徐摛齐名，早期风格靡丽，为“宫体诗”创始人之一。晚年经乱，诗风有所转变，情辞慷慨，笔力较为雄健。其诗讲求对仗，注重声律，对后来律诗的形成有所贡献。

庾肩吾这首文人拟作，沿用乐府旧题写相思别离，有别于原作的句式参差、语多直率，显得颇为工整韶丽、蕴藉婉转。诗人紧扣春天的季节特征，不断变换角度，多侧面、多层次地描写春日景物，淋漓尽致地呈现了思妇的愁思。开头两句，女主人公面对春日芳菲之景，念及春归人未归，顿时生出朱颜易老、韶华空逝的惆怅之意与孤凄之感。三、四两句写小整箱匣，本欲打发时光、排遣愁思，孰料拂匣而见离别时所赠之扇、开箱却见良人故时之衣，一扇一衣，缀以“离”“别”二字，可知旧愁未去，新愁又添。末四句写女主人公将视线由屋内转向屋外，先用“井梧”“宫槐”呼应“芳菲”，进一步渲染春日气氛，烘托相思别离之情，再由衔泥双飞的燕子联想到自己独守空闺、形单影只，从而生出“人不如燕”的感叹。整首诗不言情而情已自现，不言愁而愁已满纸，极尽含蓄蕴藉之能事。

03. 上邪[1]

无名氏

上邪！

我欲与君相知[2]，

长命无绝衰[3]。

山无陵[4]，

江水为竭，

冬雷震震，

夏雨雪[5]，

天地合，

乃[6]敢与君绝！

---

①上邪（yé）：天啊。邪，语气助词，表感叹。

②相知：相爱。

③命：令，使。绝衰：断绝，衰退。

④山无陵：高山没有了山峰，即高山变成平地。陵，山峰。

⑤雨（yù）雪：下雪。雨，这里作动词用，下，落。

⑥乃：才。

扫一扫，静静聆听

参考译文

上天呀！我渴望与你相知相惜，长存此心永不衰灭。除非巍巍群山消逝不见，除非滔滔江水干涸枯竭；除非凛凛寒冬雷声翻滚，除非炎炎酷暑白雪纷飞；除非天地相交聚合连接，直到这样的事情全都发生时，我才会和你断情绝爱！

赏 析

《上邪》是一个刚烈女子执着于爱情的心迹表白，属《乐府诗集》中的“鼓吹曲辞”。全诗写情大胆而直露，毫无点缀铺排。一上来便指天盟誓，真言直吐，笔势突兀，“长命无绝衰”一句，铿锵有力，一个情真志坚、忠贞刚烈的女子形象跃然纸上。开头三句正面发愿，后六句则是从反面立誓，用浪漫主义手法，以自然界不能出现的五种现象作为断情绝爱的前提，在肯定语气中进行否定，足见爱情之至专至诚，更见女子之情真刚烈。值得特别指出的是，“山无陵”五句，正如清代张玉谷所评，“迭用五事，两就地维说，两就天时说，直说到天地混合，一气赶落，不见堆垛，局奇笔横”，深沉炽烈的感情排山倒海般奔泻而出，令人叹绝，难怪胡应麟要说“《上邪》言情，短章中神品”。

菩萨蛮

无名氏

枕前发尽千般愿，
要休[1]且待青山烂。
水面上秤锤浮，
直待黄河彻底枯。

白日参辰[2]现，
北斗[3]回南面。
休即未能休，
且待三更见日头。

①休：停止、罢休，即断绝关系。

②参辰：星宿名。参星在西方，辰星（即商星）在东方，晚间此出彼落，不能同时见到；白天一同隐没，更难觅得。

③北斗：星座名。以位置在北、形状如斗而得名。

赏 析

这是一首敦煌曲子词。词，作为一种新兴的诗体，最初广泛流传于民间。遗憾的是，由于种种原因，民间词绝大多数都已亡佚了。1900 年在甘肃敦煌鸣沙山发现了几百首抄写的民间词，这些重新问世的唐五代民间词曲，或称为敦煌曲子词，或称为敦煌歌辞，风格繁复，有着鲜明的个性特征和浓郁的生活气息。

这首《菩萨蛮》与《上邪》堪称姊妹篇。首先，主人公都是大胆率直、热烈奔放的女子，其追求坚贞专一的爱情幸福别无二致。其次，作者采取浪漫主义的手法，连续用多种不可能的自然现象从反面体现对爱情的坚贞，这一艺术构思颇为一致，尤其“青山烂”与“山无陵”、“黄河彻底枯”与“江水为竭”语出一辙，惊人地相似。

当然，在具体的写法及语言风格上，二者各有千秋：《上邪》以前后两个“绝”字遥相呼应，中间五句假设一气直下，句式短小而参差，咄咄逼人之势不可阻挡；《菩萨蛮》则句式颇为齐整，在第一个“休”字引出五种假设后，略一顿挫，以“休即未能休”一句以退为进，从而在更高的层次上提出“且待三更见日头”的新的假设，有回环曲折之美。另外，《菩萨蛮》用语不避重复，以“且待”“直待”“且待”缀连六种假设，语势也因此舒缓了许多，不如《上邪》之热烈急切。

04. 江南

无名氏

江南可采莲，
莲叶何[1]田田[2]。
鱼戏莲叶间。
鱼戏莲叶东，
鱼戏莲叶西，
鱼戏莲叶南，
鱼戏莲叶北。

---

①何：多么。

②田田：形容莲叶茂盛、密集的样子。

扫一扫，静静聆听

参考译文

江南水上可采莲，莲叶多么茂盛，鱼儿在莲叶间嬉戏。鱼儿在莲叶的东边嬉戏，鱼儿在莲叶的西边嬉戏，鱼儿在莲叶的南边嬉戏，鱼儿在莲叶的北边嬉戏。

赏 析

这首诗以明朗欢快、隽永清新的语调，生动地描绘了江南采莲嬉游的乐趣，极具地域特征。此曲属《乐府诗集》中的“相和歌辞”，“相和歌”本是两人唱和，或一人唱、众人和的歌曲，因此有学者认为，诗歌前三句是主体，“鱼戏莲叶东”四句为和声，用以敷衍第三句“鱼戏莲叶间”，起到渲染、烘托的作用。

主体部分的三句，描绘江南采莲情景，用语平实而颇耐咀嚼。“江南可采莲”，一个“可”字，有正好、适宜之意，点明江南乃采莲佳处。“莲叶何田田”，“田田”叠用，可见莲叶茂美，挺立于水面。虽只写叶，叶尚可爱，花自不待言。叶肥花美，莲子必然丰收，采莲人自然喜上眉梢。然而诗歌却就此顿住，转笔落到“鱼戏莲叶间”，“鱼戏”一景，既是实写，又有移情——采莲人本是快乐的，看到成群的鱼儿倏忽往来，潜沉浮跃，似乎自己也同鱼儿一样，轻松活泼，自由自在，无所挂碍。

至此，诗意本已完整。后四句只是将“鱼戏莲叶间”逐一铺展为鱼戏莲叶之东、西、南、北。然而若无此四句，全诗索然无味。此四句貌似拙朴而颇为神奇，用一“戏”字总揽，以复沓的形式，用东、西、南、北方位的变换，再现了鱼儿欢快敏捷地嬉游的情景。明在写鱼，暗中兼有以鱼喻人之意。水面上人的欢笑和水下鱼儿的畅游相映成趣，江南水乡的美丽风光和采莲人其乐融融的心境两相交融，那一叶轻快的采莲小舟穿行在花叶之间，逗得鱼儿四处翔游，这是一幅多么美丽又和谐的画面！

采莲曲（其二）

［唐］王昌龄

越女[①]作桂舟，还将桂为楫。
湖上水渺漫[②]，清江初可涉[③]。
摘取芙蓉花，莫摘芙蓉叶。
将[④]归问夫婿，颜色何如妾。

①越女：越地美女，当指江南水乡女子。越，古国名，亦称于越，初建都会稽（今浙江绍兴）。

②渺漫：形容水面辽阔广远。

③涉：渡水。

④将：拿，携带。

赏 析

王昌龄（？—约 756），字少伯，京兆长安（今陕西西安）人。其诗以七绝见长，与高适、王之涣齐名。

《采莲曲》为乐府旧题，属“清商曲辞”。王昌龄作《采莲曲》二首，此其二。

《采莲曲》（其二）用通俗明快、极富民歌气息的语言，描绘了江南水乡清新秀美的风光和采莲女活泼直率的情态。首两句用屈原《九歌·湘君》“桂舟”“桂楫（楫，即船桨）”典，写舟楫之美，实际上也是写越女之美；三、四句写湖水渺漫、江水清澈，秀美的采莲女乘着桂舟，划着桂楫，渡过清澈见底的江水，在望不到边的莲湖上穿行，嬉游在田田的莲叶间，一派轻松自如，一派欢快宁和。此情此景，与《江南》一诗所绘别无二致。诗人在赞美江南水乡令人心旷神怡的自然风貌的同时，也赞美采莲女富于诗意的愉快劳动。诗的后半部分更富有情趣，越女采莲已毕，“摘取芙蓉花”，非为相赠，而是准备拿回家问一问丈夫，这艳丽的荷花和我相比，哪一个更美呢？如此，采莲女的娇憨活泼之态跃然纸上。

05. 陌[1]上桑

无名氏

日出东南隅[2]，照我秦氏楼。
秦氏有好女，自名为罗敷[3]。
罗敷喜蚕桑，采桑城南隅。
青丝为笼系[4]，桂枝为笼钩[5]。
头上倭堕髻[6]，耳中明月珠。
缃绮[7]为下裙，紫绮为上襦[8]。
行者见罗敷，下担捋[9]髭须。
少年见罗敷，脱帽著帩头[10]。
耕者忘其犁，锄者忘其锄。
来归相怨怒，但坐[11]观罗敷。

使君[12]从南来，五马立踟蹰[13]。
使君遣吏往："问是谁家姝[14]。"
"秦氏有好女，自名为罗敷。"
"罗敷年几何？"

"二十尚不足，十五颇有余。"
使君谢[15]罗敷："宁可共载不[16]？"
罗敷前置辞[17]："使君一何[18]愚！
使君自有妇，罗敷自有夫。

东方千余骑，夫婿居上头。
何用识夫婿？白马从骊驹[19]。
青丝系马尾，黄金络[20]马头。
腰中鹿卢剑[21]，可直[22]千万余。
十五府小吏[23]，二十朝大夫[24]。
三十侍中郎[25]，四十专城居[26]。
为人洁白晳[27]，鬑鬑颇有须[28]。
盈盈公府步[29]，冉冉府中趋[30]。
坐中数千人，皆言夫婿殊。"

---

①陌：田间东西方向的小路，泛指田间小路。

②东南隅：东方。"东南"是偏义复词。隅，角落。

③罗敷：古美人名，汉代女子常取以为名。

④青丝：青色的丝绳。笼：装桑叶用的竹篮。系（xì）：系物用的绳子。

⑤笼钩：竹篮的提柄。

⑥倭（wō）堕髻：即堕马髻，其髻偏在一边，呈欲堕之状，是当时时髦的发式。

⑦缃绮（xiāngqǐ）：浅黄色的丝织品。

⑧襦（rú）：短袄。

⑨捋（lǚ）：用手从上至下抚摩。

⑩著（zhuó）：同“着”，包着。帩（qiào）头：古时男子束发的纱巾。古时男子先用头巾包住头发，再戴帽子。

⑪但：只是。坐：因为。

⑫使君：汉代对太守、刺史的称呼。

⑬五马：汉代太守驾车用五匹马。踟蹰（chíchú）：徘徊不前。

⑭姝（shū）：美女。

⑮谢：告诉。

⑯宁可：是否可以。不（fǒu）：同“否”。

⑰置辞：同“致辞”，即答话。

⑱一何：何其，多么。

⑲从：跟随。骊驹：黑色的小马。

⑳络：马的辔头。这里作动词用，指用辔头笼住。

㉑鹿卢：同“辘轳”，井上汲水用的滑轮。鹿卢剑即剑柄尾端用玉琢成辘轳形状的剑。

㉒直：同“值”，价值。

㉓府小吏：太守府中地位卑下的小官吏。

㉔朝大（dà）夫：朝廷中的大夫。

㉕侍中郎：官名。按汉代官制，侍中郎是加官，在原官之外所加的荣衔。

㉖专城居：一城之长，指太守之类的地方官。

㉗晢（xī）：人的皮肤白。

㉘鬑（lián）鬑：须发疏朗的样子。颇有须：略微有一点髭须。

㉙盈盈：缓步慢行的样子。公府步：古时官员走路的步伐，即潇洒地踱着方步。

㉚冉冉：缓慢，与“盈盈”同义。趋：用快步的姿势慢走。

扫一扫，静静聆听

太阳从东方升起，照着我们秦家的楼房。秦家有位美丽的少女，取名叫罗敷。罗敷很会养蚕，（有一天在）城南采桑。用青丝做篮子上的提绳，用桂树枝做篮子上的提柄。头上梳着倭堕髻，耳朵上戴着珠宝耳环；身上穿着浅黄色丝绸做的裙子和紫色绫子做的短袄。走路的人看见罗敷，放下担子捋着胡子（注视她）。年轻人看见罗敷，脱掉帽子整理仪容。耕地的人忘记了自己在犁地，锄地的人忘记了自己在锄地；回来后互相埋怨生气，只因为观看罗敷（误了耕作）。

太守乘车从南边来，马匹停止徘徊不前。太守派遣小吏过去，问这是谁家的美女。小吏回答："是秦家的美女，本名叫罗敷。"太守又问："罗敷年龄多大了？"小吏回答："二十岁还不足，十五岁略微有多。"太守令小吏问罗敷："愿意一起坐车吗？"罗敷上前回话："太守你多么愚蠢！太守你本来有妻子，罗敷我本来有丈夫。

（丈夫当官）在东方，随从人马一千多，他排列在最前头。凭什么识别我丈夫？他骑着白马，后面跟随小黑马，白马用青丝拴着马尾，马头上戴着金黄色的笼头；他腰中佩戴鹿卢剑，宝剑价值上千万；十五岁在太守府做小吏，二十岁在朝廷里做大夫；三十岁做皇上的侍中郎，四十岁成为一城之主。他长得皮肤洁白，疏朗朗略微长一点胡须；他潇洒地踱着方步，从容地出入官府。（太守府中聚会时）在座有几千人，都说我丈夫与众不同。”

赏析

这首《陌上桑》属汉乐府的“相和歌辞”，是一首优美的五言民间叙事诗，共三解，“解”是乐章的段落。

开头至“但坐观罗敷”为一解，描写罗敷的美丽，无一语直言罗敷之美，却处处见其美丽不可方物：起句“日出东南隅，照我秦氏楼”，旭日东升，沐浴在明媚阳光中的“秦氏楼”，住着秦罗敷，朝霞映照的“城南隅”，是她的采桑之处。由此不难想象罗敷容貌之美，定是容华与朝日相辉映。接着笔锋转写罗敷手中的桑篮，“青丝为笼系，桂枝为笼钩”，是一种想要赞美其人而先赞美其器物的写法；然后夸张铺叙罗敷衣饰之华美和路人见到罗敷时的各种惊艳反应。四层笔墨，多方描写，都从虚处着笔，自始至终就是不描绘她的容貌，此种匠心独运，诱人浮想联翩，比直接呈现更含蓄隽永。

从“使君从南来”至“罗敷自有夫”为二解，描写罗敷严词拒绝使君的调戏。“使君从南来，五马立踟蹰”，在罗敷的出众风姿面前，使君也如前文一干路人惊呆自失，但此处却不直接写其失态，而以“五马立踟蹰”暗自点出——同是惊艳失态，两种写法，繁简不一，相映成趣，精彩至极。此后遣吏相问的一句“宁可共载不”，鲜活地刻画出好色使君的嘴脸。对此，“罗敷前置辞”，当面斥以“使君一何愚”，你“自有妇”我“自有夫”，义正词严地拒绝了使君，可见罗敷不慕权势、不慕富贵的美好品质。

从“东方千余骑”至末尾为三解，描写罗敷夸赞丈夫。罗敷向使君描绘出一个官居显要、春风得意的完美“夫婿”——“东方千余骑，夫婿居上头。何用识夫婿？白马从骊驹”四句说明自己的丈夫官位显赫，有千骑随从，远远胜过五马拉车的使君；“青丝系马尾，黄金络马头，腰中鹿卢剑，可直千万余”四句盛赞丈夫的富贵，同时透出丈夫武官的身份，震慑使君；从“十五府小吏”到“四十专城居”几句道出丈夫才华出众、官运亨通，年纪轻轻就是“专城居”的大官；接下来夸丈夫洁白有须，仪表非凡，更是风度翩翩，一副大官派头；最后更是引入众人的评价，极夸丈夫的完美。

罗敷夸赞丈夫完毕，故事就此戛然而止，至于使君听后的反应如何，则留给读者自行想象，繁简有度，相得益彰。

羽林郎[1]

［东汉］辛延年

昔有霍家[2]奴，姓冯名子都。
依倚将军势，调笑酒家胡[3]。
胡姬年十五，春日独当垆[4]。
长裾连理带[5]，广袖合欢襦[6]。
头上蓝田[7]玉，耳后大秦[8]珠。
两鬟何窈窕[9]，一世良[10]所无。
一鬟五百万，两鬟千万余。
不意金吾子[11]，娉婷[12]过我庐。
银鞍何煜爚[13]，翠盖[14]空踟蹰。
就我求清酒，丝绳提玉壶。
就我求珍肴，金盘脍[15]鲤鱼。
贻我青铜镜，结我红罗裾。

不惜红罗裂，何论轻贱躯！

男儿爱后妇，女子重前夫。

人生有新故，贵贱不相逾。

多谢[16]金吾子，私爱徒区区[17]。

---

①羽林郎：羽林是皇家禁卫军，羽林郎是禁卫军中的官名。

②霍家：指霍光家。霍光是西汉昭帝时的大司马、大将军。

③胡：当时称北方少数民族为“胡”，这里是指一个卖酒的少数民族女子。

④当：对，对着。垆：放酒坛子的地方，一般垒土而成，四边隆起，一边稍高，用以安置酒坛。当垆：即卖酒的意思。

⑤裾：衣前襟。连理带：两条相联结的带子，用以联结两边的衣襟。

⑥广袖：宽大的衣袖。合欢襦（rú）：合欢花图案的短袄。

⑦蓝田：山名，在今陕西省蓝田县东，相传是出产美玉的地方。

⑧大秦：我国古代对罗马帝国的称呼。

⑨鬟：环形的发髻。窈窕：美好的样子。

⑩良：实在，的确。

⑪金吾子：即执金吾，是汉代掌管京师治安的禁卫军长官。这里是语含讽意的“敬称”。

⑫娉（pīng）婷：和颜悦色的样子。

⑬煜爚（yùyuè）：光辉闪耀的样子。

⑭翠盖：装饰着翠鸟羽毛的车盖，这里指车盖饰有翠鸟羽毛的车辆。

⑮脍（kuài）：把肉切细叫脍。

⑯多谢：郑重地告诉。

⑰私爱：私心爱慕，指冯子都对酒家胡女的感情。徒区区：白白地殷勤。

赏析

辛延年，身世不详。作品存《羽林郎》一首，描写一个酒家胡女反抗强暴的故事，为汉诗中优秀之作。始见于《玉台新咏》，《乐府诗集》将它归入“杂曲歌辞”。因题材与手法都极为相似，论者往往将之与《陌上桑》并提。

这首诗的叙事角度前后有明显的变化：开头至“两鬟千万余”，是以第三人称的视角，点明故事发生的时间和地点，设置了人物和矛盾冲突。首四句为序曲，用简练的笔触将冯子都小人得志、仗势欺人的丑态刻画得淋漓尽致。接下来的十句，并没有进一步写“调笑”，而是宕开一笔，转而精心描写胡姬的装束与美丽，这种“集美于一身”的描写，是汉乐府中常用的手法。

然后，作者改变叙事角度，用第一人称的视角，以胡姬的口吻，遥接开头四句，继续写调笑事件：“不意金吾子，娉婷过我庐。银鞍何煜爚，翠盖空踟蹰”几句，尽管是转叙，但情景真实，如在眼前——得志小人冯子都本怀“调笑”之意，却偏装出一副道貌岸然的样子“娉婷”而过，又故意将“银鞍”“翠盖”的排场炫耀不已，走来走去，全然一个小丑模样。更妙的是，此四句以“不意”二字领起，传神地写出独自当垆卖酒的胡姬遭意外调笑时的第一反应，细腻而真实。胡姬在心中一惊之后，马上稳定了情绪，端酒上菜，沉着冷静地与之周旋。看到胡姬应付自如，毫无所动，冯子都步步紧逼，行为狎昵放肆，“贻我青铜镜，结我红罗裾”。对此，胡姬的应对非常智慧——先是表示不惜以撕裂红罗裙来反抗，以死来保全自己的尊严与清白；然后强压住心中的怒火，婉言相劝“男儿爱后妇，女子重前夫。人生有新故，贵贱不相逾”，这般愤怒的斥责和委婉的劝诫，不难想见冯子都心有不甘而又无可奈何的灰溜溜模样。最后一句“多谢金吾子，私爱徒区区”，更是以胜利者的微笑，结束了这一场矛盾冲突，一个美丽、聪慧、刚烈的胡姬形象因此跃然纸上。

06. 长歌行（其一）

无名氏

青青园中葵[1]，朝露待日晞[2]。
阳春布德泽[3]，万物生光辉。
常恐秋节至，焜黄华叶衰[4]。
百川东到海，何时复西归？
少壮不努力，老大徒[5]伤悲。

---

①葵：葵菜，即冬苋菜。一说向日葵。

②晞（xī）：天亮，引申为阳光照耀。

③布：布施。德泽：恩惠，好处。这里指遍洒阳光雨露。

④焜（kūn）黄：枯黄。华：同“花”。

⑤徒：白白地。

扫一扫，静静聆听

参考译文

园中的葵菜青青郁郁，葵叶上的露水被朝阳晒干。春天的阳光把温暖布满大地，万物都焕发出勃勃生机。常常担心秋天一到，美丽的花叶就会枯黄衰败。百川奔腾着向东流入大海，何时才能重新返回西方？少壮时不努力，到老时就只能悲伤叹息。

赏 析

汉代《长歌行》古辞共三首，在《乐府诗集》中列入“相和歌辞”，此为第一首，诗歌由万物的盛衰联想到人生的有限，勉励人们及早努力，有所作为，不要虚度光阴。

“青青园中葵，朝露待日晞”两句说葵露在清晨尚晶莹欲滴，到日盛时就会被晒干，这里喻时之匆匆。“阳春布德泽，万物生光辉。常恐秋节至，焜黄华叶衰”四句从园葵的生长想到万物在春天青葱繁茂，秋天却不免枯黄凋零。从“青青”到“焜黄”，极其形象又触目惊心地道出一个事实——人生一世，草木一株，生命的秋天倏忽而至。于是，诗人很自然地感叹，失去的年华，正如百川东流，一旦逝去，难再复归。如此多方比兴、久久蓄势之后，才水到渠成地收束为一句：“少壮不努力，老大徒伤悲。”这对匆匆奋发之士，无疑是鞭策和激励；对懈怠蹉跎之辈，分明是暮鼓晨钟。短短十字，言简意赅，警策千载。

长歌行

［唐］李白

桃李待日开，荣华[1]照当年。
东风动百物，草木尽欲言。
枯枝无丑叶[2]，涸水吐清泉。
大力[3]运天地，羲和[4]无停鞭。
功名不早著，竹帛将何宣[5]。
桃李务青春，谁能贯白日[6]。
富贵与神仙，蹉跎[7]成两失。
金石犹销铄，风霜无久质[8]。
畏落日月后，强欢歌与酒。
秋霜不惜人，倏忽[9]侵蒲柳。

①荣华：草木茂盛、开花。

②枯枝无丑叶：指枯枝上萌生出嫩绿的新叶。

③大力：指大自然的力量。

④羲和：古代传说中的太阳神。传说羲和驾驭六条龙拉着太阳车，每天在天空中行驶。

⑤竹帛将何宣：史籍上怎能写下名字？竹帛，竹简和白绢，引申为书籍、史册。宣，宣写。

⑥桃李务青春，谁能贯白日：桃李须待春天，但谁能使春日永驻不逝？务，必须，一定。青春，指春天，春季草木茂盛，其色青绿，故称。贯，连续，累积。

⑦蹉跎：虚度光阴。

⑧金石犹销铄，风霜无久质：金石之坚尚且会销蚀熔化，风霜日月之下，没有长存不逝的东西。质，事物，物质。

⑨倏忽：迅疾，形容出乎意料之快。

赏析

《长歌行》是李白拟乐府旧题而创作的一首乐府诗，其思想内容承乐府古辞《长歌行》（其一）“少壮不努力，老大徒伤悲”之旨，表达的是诗人期望尽早建功立业、名留史册的强烈之心。其创作的具体时间难以考察，但从其创作内容约略可知写在唐玄宗天宝三载（744年）李白离开朝廷之后，只有如此，才能发出“富贵与神仙，蹉跎成两失”的悲慨，因而“强欢歌与酒”。若无此切身遭际与体验，不应如此长歌当哭。

诗歌以“桃李”起兴发端，触景生情，但又并非泛咏桃李荣谢而感慨人生无常、及时行乐之作，而是抒写超出常人的胸怀壮思、生命的价值。诗歌描写对美好的自然春景的赞颂，对爱美与追求美好理想的倾诉，对自己事业无成的愤懑及自我解脱不成的痛苦，敞开心扉，让人们尽情了解他的内心衷曲。一颗跳荡的心，激荡的变化，万端的感情，透视出社会的不公正。

李白此篇，采前人同题作品之长而自成一格，以气为主，以自然为宗，熔铸古诗的叙事、抒情、议论手法于一炉，挥洒自如，只见诗境美，而不见技法，全然大家手笔。

07. 东门[1]行

无名氏

出东门，不顾归。

来入门，怅欲悲。

盎[2]中无斗米储，

还视[3]架上无悬衣。

拔剑东门去，

舍中儿母牵衣啼：

“他家但愿富贵，

贱妾与君共铺糜[4]。

上用仓浪天故[5]，

下当用此黄口儿[6]。

今非[7]！”

“咄[8]！行！

吾去为迟，

白发时下[9]难久居！”

①东门：东城门，指东汉京城洛阳的上东门或中东门。

②盎（àng）：一种口小腹大的瓦瓮。

③还视：回头看。

④贱妾：古时妻子在丈夫面前对自己的卑称。餔糜（būmí）：喝粥。餔，吃。

⑤用：因为，为了。仓浪天：即苍天。

⑥黄口儿：还在吃奶的幼儿。

⑦非：错误。

⑧咄（duō）：呵斥声。

⑨白发时下：头发变白，不时掉落。

扫一扫，静静聆听

参考译文

出东门，不想再回来了。（心有不忍）折回家里，（入目萧条，不免又）惆怅悲愁：米罐里没有多少粮食，回头看衣架上没有衣服。想要拔剑出东门，孩子的母亲拉着衣服哭泣说："别人家只希望富贵，我和你吃粥也情愿。在上有青天，在下有黄口小儿，你现在这样做不行啊！""你不要管！我去了！我已去得太晚了！我已头发变白，不时掉落，这种苦日子再也过不下去了！"

赏析

《东门行》属"相和歌辞"，产生于东汉时期，为汉乐府古辞。诗歌构思独特、简洁，选取最精彩的片段，如一场扣人心弦的独幕剧，以人物对话展现心理活动和矛盾，再现了当时政治腐败、徭役繁重、民不聊生的社会图景，唱出了一曲老百姓在穷困、饥饿、压迫下铤而走险，以反抗求生存的悲愤之歌。

“出东门，不顾归。来入门，怅欲悲”，诗歌一开始就用三字一句的短促节奏，简洁生动地刻画出主人公“出门为非”的复杂心理：“出东门”本是愤而为之，义无反顾，但毕竟放不下家中妻儿，于是又折回。但他环顾屋内，盎无斗米，架无悬衣，家徒四壁，一贫如洗，即使不出门去冒险，全家也只有死路一条。罢，罢，罢，只能横下心来了，于是主人公再一次拔剑欲出东门。面对要铤而走险的丈夫，妻子扯衣哭求：别人一心求富贵，我陪着你喝稀饭也心甘；看在老天的分上，看在孩子的分上，你不要去送死啊！这几句话，道出生活的凄凉，正是对既出而复归的丈夫极度矛盾心理的注解。然而，妻子的哀哭阻拦，不但没有劝下丈夫，反而更坚定了他拔剑东出的决心：“咄！行！吾去为迟！”两个单字句，一个四字句，短促有力，声情毕肖地表现了主人公的决难回转，他清楚自己的行为无异饮鸩止渴，但情势所逼别无选择。这里的对话，直接用口语入诗，语言随感情起伏而错落，铿锵有力，读之令人悲愤气结，难以为言。

出东门，又如何呢？诗歌只字未提，让读者自行去想象。这种留白式的处理，比直接全盘托出更引人入胜，令千百年来的读者，为这名硬汉子生死未卜的命运担忧不已。

妇病行

无名氏

妇病连年累岁，
传呼丈人[①]前一言。
当言未及得言，
不知泪下一何翩翩[②]。
“属[③]累君两三孤子，
莫我儿饥且寒，
有过慎莫笪笞[④]，
行当折摇，
思复念之[⑤]!”

乱[⑥]曰：
抱时无衣，

襦复无里[7]。
闭门塞牖[8]，
舍孤儿到市[9]。
道逢亲交[10]，
泣坐不能起。
从乞求与孤儿买饵[11]。
对交啼泣，
泪不可止：
“我欲不伤悲，
不能已。”
探怀中钱，持授交。
入门见孤儿，
啼索其母抱。
徘徊空舍中，
“行复尔耳[12]！
弃置勿复道[13]。”

①丈人：丈夫。

②一何：怎么，为什么。翩翩：连续不断的样子。

③属：委托，嘱咐。

④笪笞（dáchī）：鞭打。

⑤行当折摇，思复念之：（我）快要死了，（以后你要）常想到我这番话。行当，即将、将要。折摇，死亡。

⑥乱：音乐的末章。

⑦襦复无里：短袄没有夹里。

⑧牖（yǒu）：窗户。

⑨市：集市。

⑩亲交：亲近的朋友。下文“对交啼泣”“持授交”中的“交”亦即此。

⑪饵：糕饼一类的食物。

⑫行复尔耳：将也要这样了啊，指不久孤儿也会像母亲一样贫病死去。行，将要。尔，这样。耳，句末语气词。

⑬弃置：放下，丢开。勿复道：不要再说了。

赏析

《妇病行》在《乐府诗集》中归入“相和歌辞”。同《东门行》一样，此诗也颇善于剪切典型的生活画面，通过叙述妻死子幼、丈夫和孤儿饥寒交迫的悲惨遭遇，深刻地反映了汉代底层人民的悲苦生活。

此诗分为正曲和尾声（乱）两个部分。正曲集中写病妇弥留托孤，“当言未及得言，不知泪下一何翩翩”，还没来得及开口，已是泪落如雨，泣不成声。临终托言，已不堪其悲；未语先泣，更见其酸楚。如此，读者于翩翩长泪中，想见病妇内心之深痛。诗人在酝酿悲伤气氛后，再推出托孤之语：“属累君两三孤子，莫我儿饥且寒，有过慎莫笪笞，行当折摇，思复念之！”寥寥五句，殷殷嘱咐，爱子之情、怜夫之意，尽在其中。情真语切，字字带泪，读之心内恻然。

“乱”的部分写病妇去世后丈夫与孤儿相依为命的情形。丈夫想要抱孩子到集市去，“抱时无衣，襦复无里”，连给孩子蔽体的衣服都找不出，只得满是不放心又不得不狠下心来“闭门塞牖，舍孤儿到市”，生活的捉襟见肘，丈夫内心的两难挣扎，在这里得到淋漓尽致的呈现。接下来写丈夫路遇友人，情不自禁，大放悲声。“泣坐不能起”“对交啼泣，泪不可止”两处，同义反复，怜念子女、悼怀亡妻、自伤孤子等诸多情感，尽在这抑制不住的辛酸泪中。积压已久的情绪得以宣泄后，丈夫“探怀中钱，持授交”，要友人替自己前往集市“买饵”，自己则匆匆赶回家中。“入门见孤儿，啼索其母抱”，此中之“啼”，缘于饥，缘于寒，更缘于思母，一个“索”字，孤儿号啕顿足、四顾寻母的神态历历如见，揪人心疼。看着号哭不已的孩子，念及家徒四壁、饥寒交迫的境况，丈夫“徘徊空舍中”，内心的凄惶、痛苦和无奈化为“行复尔耳！弃置勿复道。”两句自白：要不了多久，孩子的命运也会和母亲一样吧。唉，还是抛开这一切不提，姑且熬过一天算一天。读诗至此，有情人怎能不掩卷一哭！

08. 饮马长城窟行

（青青河畔草）

无名氏

青青河畔草，绵绵思远道[①]。
远道不可思，宿昔[②]梦见之。
梦见在我傍，忽觉[③]在他乡。
他乡各异县，展转[④]不相见。
枯桑知天风，海水知天寒[⑤]。
入门各自媚[⑥]，谁肯相为言[⑦]！
客从远方来，遗我双鲤鱼[⑧]。
呼儿烹[⑨]鲤鱼，中有尺素书[⑩]。
长跪[⑪]读素书，书中竟何如？
上言加餐饭，下言长相忆。

---

①绵绵：语义双关，既言连绵不断的青青春草，也指思妇对丈夫绵

绵密密的相思。远道：遥远的地方，这里指远道之人，即远在他乡的丈夫。

②宿昔：昨夜。

③觉（jué）：睡醒，醒来。

④展转：同“辗转”。这里是说，漂泊他乡的人行踪不定。

⑤枯桑知天风，海水知天寒：枯桑虽然没有叶，仍能感知风吹；海水虽然没结冰，仍能感知天冷。这句话有比兴的意味，那远方之人纵然感情淡薄也应该知道“我”的孤凄与思念。

⑥媚：爱悦。

⑦相为言：传音讯。言，指信息。

⑧遗（wèi）：送给。双鲤鱼：指藏书信的信函，代指书信。古人用两块木板刻成鲤鱼形状，一底一盖，将书信夹在中间，称之为鲤鱼函。

⑨烹：煮。假鱼本不能煮，这里是为了造句生动而将打开书函说成烹鱼。

⑩尺素书：即书信。素，白色的绢，可用于书写画画。

⑪长跪：伸直腰跪坐叫长跪。古人席地而坐，坐时两膝着地，臀部落在脚后跟上。跪时将腰挺直，臀部离开脚后跟，上身就显得长了。

扫一扫，静静聆听

参考译文

看到河边春草青青，连绵不绝伸向远方，我思念远行在外的丈夫。远在外乡的丈夫不能终日思念，但在梦里很快就能见到他。梦里见他在我的身旁，一觉醒来发觉他仍在他乡。他乡各有不同的地区，丈夫在他乡漂泊，我不能见到。桑树枯萎知道天风已到，海水也知道天寒的滋味。同乡的游子各自回家欢聚，有谁肯告诉我丈夫的讯息？有位客人从远方归来，送给我鲤鱼函。呼唤童仆打开鲤鱼函，里面夹着素帛写的信。跪直身子读着来信，信中究竟说了什么？前一部分是说要增加饭量保重身体，后一部分是说要经常想念。

赏析

此篇最早见于萧统《文选》，《乐府诗集》将其归入“相和歌辞”。

为抵御北方少数民族的侵犯，秦、汉时，朝廷相继征调兵丁修筑长城，城下凿有泉窟，供士卒、马匹饮用，“饮马长城窟”便成了从军远戍的代称，且由此成为汉乐府的一种格式与主题。此篇不写长城窟饮马，而写思妇对长城饮马人的思念。

诗歌以比兴的手法从河畔春草写起，因为春草暗示着时节，意味着滋生，代表着由河畔一直绵延到天涯的道路，更关涉从这条道路上远去的征人，于是自然化出“绵绵思远道”。写出一个“思”字之后，又突然回锋说“远道不可思”，再由“不可思”转出“梦见”，而所梦又与现实撞击，忽远忽近、忽真忽幻，写得腾挪跌宕，思妇相思情重、心神恍惚的神态跃然纸上。“枯桑知天风，海水知天寒”两句，既是比喻，又是拟人，反衬出人非草木、孰能无情的复杂心理，然而“入门各自媚，谁肯相为言”，只能羡慕别的夫妻相守的欢乐，而独自咀嚼天各一方的悲愁。至此为诗歌的上半部分，其基调是思是忧，字里行间溢满思念之“苦”。

下半部分则转入情思的高潮，基调为之一变。

“客从远方来，遗我双鲤鱼。呼儿烹鲤鱼，中有尺素书”，语句热烈活泼，书信未展而欢悦之情难抑，一扫前文之忧苦，如此一波一折，是匠心机杼，也是历历如见的生活真实。“长跪读素书”，“上言加餐饭，下言长相忆”的来信直击思妇内心，所有思念的忧伤、独居的凄凉在这一刻都被这饱含深情的叮咛所补偿，而天各一方的夫妻二人的相思牵念，更是温暖了彼此，也温暖了读诗的人。

延伸阅读

行行重行行[1]

无名氏

行行重行行，与君生别离。
相去万余里，各在天一涯。
道路阻且长，会面安[2]可知！
胡马依北风，越鸟巢南枝[3]。
相去日已远，衣带日已缓[4]。
浮云蔽白日[5]，游子不顾反[6]。
思君令人老，岁月忽已晚。
弃捐勿复道[7]，努力加餐饭！

---

①行行：走啊走啊，即走个不停。重：再，又。

②安：怎么。

③胡马依北风，越鸟巢南枝：北地的马依恋北风，南方的鸟儿筑巢南枝。此二句喻游子眷恋故土。

④衣带日已缓：此谓人因相思而日益消瘦，故衣带越来越松。缓，松弛。

⑤浮云：比喻迷惑游子、使其忘返的他乡女子。白日：比喻游子。

⑥反：通“返”，回来，回家。

⑦弃捐：弃、捐同义，舍弃，抛弃。道：说。

赏析

《古诗十九首》是大约产生于东汉晚期的一组诗歌。作者大概是一些失意的中下层知识分子，姓名已不可考。组诗内容主要是写士子宦途失意、游子思乡以及思妇的怨情。《古诗十九首》长于抒情，善用烘托，寓情于景，情景交融，是乐府古诗文人化的显著标志，也是汉代五言诗成熟的标志。

《行行重行行》列于《古诗十九首》第一首，是一首思妇怀念远行丈夫的诗。开头两句追叙初别，

“行行”言其远，“重行行”言其久远，此句一出，空间与时间的距离一下子拉开了，且与下文“相去万余里”“相去日已远”两处遥相呼应，自然引出“与君生别离”一句。唯其时空久远，更见“生别离”之苦：正是因为“各在天一涯”“道路阻且长”，方感叹相会无期；正是因为相会无期，才希望游子心念故乡、思念自己，才担心他为异乡女子所惑而忘归；正是因为相思与忧虑，才会日益消瘦、衣带渐宽，才会感叹岁月流逝、容颜渐老，也才会在徒然的等待里自我宽慰——与其憔悴自弃，不如努力加餐饭，保重身体，以待来日相会。此篇章法，离合奇正，多见转换变化之妙，令人激赏。

值得指出的是，此篇在题材、主题之外，其手法甚至某些词句，与乐府民歌《饮马长城窟行》（青青河畔草）比，多有相似，又各有千秋。

09. 饮马长城窟行

（饮马长城窟）

[东汉] 陈琳

饮马长城窟，
水寒伤马骨。
往谓长城吏：
“慎莫稽留太原卒[1]。”
“官作自有程[2]，
举筑谐汝声[3]！”
“男儿宁当格斗死，
何能怫郁[4]筑长城！”

长城何连连，
连连三千里。
边城多健少，
内舍[5]多寡妇。
作书与内舍：
“便嫁莫留住！

善事新姑嫜[6]，
时时念我故夫子[7]。”

报书[8]往边地：
“君今出语一何鄙[9]？”
“身在祸难中，
何为稽留他家子[10]？
生男慎莫举[11]，
生女哺用脯[12]。
君独不见长城下，
死人骸骨相撑拄[13]。”

“结发行事君[14]，
慊慊心意关[15]。
明知边地苦，
贱妾何能久自全！”

---

①慎：相当于“千万”。稽留：指延长征夫的服役期。太原：秦郡

名，约在今山西中部地区。

②官作：官府的工程，指筑长城。程：期限。

③举筑：举起夯土的木杵（即“筑”）打夯。谐：使配合整齐。声：指打夯时唱的夯歌。

④怫（fú）郁：抑郁。

⑤内舍：家里。

⑥善事：好好服侍。姑嫜（zhāng）：公婆。

⑦故夫子：指征夫本人。

⑧报书：回信。

⑨鄙：庸俗。

⑩他家子：指妻子。

⑪举：抚养。

⑫哺：喂养。脯（fǔ）：干肉。

⑬相撑拄：形容杂乱地堆积在一起。

⑭结发：古代男女成年的时候要把头发束起来。女子新婚，作成年装束，也把头发结上。行：语气助词，没有实在意义。事君：侍奉您，指服侍丈夫。

⑮慊（qiàn）慊：内心空虚苦闷的样子，这里指两地相思。关：牵连。

扫一扫，静静聆听

放马饮水长城窟，泉水寒冷伤马骨。找到长城的官吏对他说：“千万别再留滞太原的劳役卒！”（官吏说：）“官家的工程有期限，快打夯土齐声喊！”（太原役卒说：）“男儿自当格斗死，怎能抑郁造长城！”

长城绵绵无边际，绵延不断三千里。边城无数的青壮征调服役，家乡无数的妻子孤独居守。捎书带信与妻子：“快快改嫁不要等！嫁后好好伺候新公婆，时时记住不要忘了我这个前夫。”

妻子回信到边地：“你如今说话怎么这么难听？”“我身陷祸难回不去，为什么还留住人家女儿不放呢？生下男孩千万不要养，生下女孩用肉来喂养。你难道没有看见长城下，死人的骸骨相堆叠？”

“自从嫁给你就一直侍奉你，如今两地相思心意关联。明明知道边地苦，（若你死去，）我怎能长久独自苟活？”

赏 析

陈琳（？—217），字孔璋，广陵射阳（今江苏宝应东北）人，东汉末建安时期诗人，“建安七子”之一，先后在袁绍、曹操手下担任官职，为曹氏邺下文人集团文士。

《饮马长城窟行》是乐府古题，汉乐府《饮马长城窟行》（青青河畔草）全是思妇口吻，陈琳此篇为文人新作，“借古题，写时事”，明写秦时戍卒修筑长城之苦，实则隐指汉末战乱频仍、徭役苛繁的种种时事，拟古而不泥古，具有深刻的现实意义。

开头两句点题直入，既交代时、地、人、事，又点出边地苦寒，兼发感慨。所谓“水寒伤马骨”，实则不唯有马，人也如此，久戍不归，思乡之情日益强烈。于是便有了太原戍卒与长城守吏的当面问答。短短六句，生动而逼真地再现了戍卒的担心与恳求、守吏的敷衍与蛮横以及由此激起戍卒愤而争辩的情景。至此，无一字明言筑城之苦，却又无一字不是对筑城苦役的控诉。“长城何连连”四句，当是作者的旁白。“连连三千里”表明筑城工程浩大，竣工无期，可见戍卒势必生还无望。“边城健少”不得生还，“内舍”自然就“多寡妇”。由此再叙边城戍卒与内舍妻子的书信寄答。戍卒给妻子的信，先劝妻子改嫁，后交代侍奉好新公婆，最后恳求常念往日情分勿忘故夫。安排周全，尽是对妻子的满满深情与挚爱；出语冷静，却又满纸悲切，肝肠寸断。妻子的回信，虽仅“君今出语一何鄙？”一句，却是语嗔情坚，守节之志不移。戍卒的第二封信，先直言“身在祸难中，何为稽留他家子”，接着借用汉时民谣所说生男不如生女之语，点明自己必死边城之结局，重申前意，再陈苦衷，解释妻子来信“出语一何鄙”之质问。妻子的再度回信，确实被丈夫的深情打动，但一对情意绵绵、两地一心的恩爱夫妻，一个在边地生还无望，一个又何能在人间独自苟活？诗人借戍卒夫妻的血泪书信，深刻揭示了徭役带给人民的深重灾难，其语言之质朴、风格之平易、对话之巧妙变化，颇多奇趣，不愧为文人乐府之名篇佳作。

兵车行

[唐] 杜甫

车辚辚[1]，
马萧萧[2]，
行人[3]弓箭各在腰。
耶娘妻子[4]走相送，
尘埃不见咸阳桥[5]。
牵衣顿足拦道哭，
哭声直上干云霄[6]。
道旁过者问行人，
行人但云点行频[7]。
或从十五北防河[8]，
便至四十西营田[9]；
去时里正与裹头[10]，

归来头白还戍边。
边庭流血成海水，
武皇[11]开边意未已。
君不闻汉家山东二百州，
千村万落生荆杞。
纵有健妇把锄犁，
禾生陇亩无东西[12]。
况复秦兵[13]耐苦战，
被驱不异犬与鸡。
长者[14]虽有问，
役夫敢申恨[15]？
且如今年冬[16]，
未休关西卒。
县官急索租，
租税从何出？
信知[17]生男恶，
反是生女好。
生女犹得嫁比邻，
生男埋没随百草！
君不见青海头，

古来白骨无人收。

新鬼烦冤旧鬼哭，

天阴雨湿声啾啾！

---

①辚辚：象声词，车行声。

②萧萧：象声词，马鸣声。

③行人：从军出征的人。

④耶娘：同“爷娘”。妻子：妻儿。

⑤咸阳桥：即渭桥，由长安往西北经由的大桥。

⑥干云霄：高入云霄。

⑦点行频：多次点兵出征。

⑧防河：唐玄宗时，经常征调大批兵力，驻扎西河（今甘肃省及宁夏回族自治区一带），称为防河。

⑨营田：戍边的士卒，兼有垦荒工作，称为营田。

⑩里正：唐朝制度，百家为一里，置里正一人。与裹头：替他裹头。古代以三尺黑布作头巾。这句话是说新兵入伍时，须装束整齐，而被征者年龄太小，不能自裹，故里正代为裹头。

⑪武皇：即汉武帝。这里借指唐玄宗。唐代诗歌中，多称玄宗为武皇。

⑫禾生陇亩无东西：意为庄稼长得不好。无东西，不成行列。

⑬秦兵：指这次应征出发的秦地士兵，即下文的“关西卒”。关西，

函谷关以西，古为秦地。

⑭长者：对年老人的尊称，此指上文的“道旁过者”。

⑮役夫：行役之人的自称。敢申恨：哪敢说出心中的愤恨。敢，哪敢，岂敢。

⑯今年冬：指天宝九年（750）十二月。

⑰信知：深知，确知。信，确实，的确，真正地。

赏析

“行”是乐府歌曲的一种体裁。杜甫的《兵车行》不是沿用乐府古题，而是自创新题，遥承汉末陈琳《饮马长城窟行》，缘事而发，反映天宝以后唐王朝对西北、西南少数民族的频繁战争带给人民的巨大灾难。《乐府诗集》将其收入“新乐府辞”。

诗歌以浓墨重彩的雄浑之笔，首先绘出一幅震人心弦的从军送别图：兵车轰隆，战马嘶鸣，灰尘弥漫，亲人追奔号哭，声干云霄！此番描写，从视觉和听觉的角度集中展现了成千上万家庭妻离子散的悲剧，画面凄惨，令人触目惊心。目不忍睹之余，又有耳不忍闻，“道旁过者问行人”几句，诗人以设问的方式，让从军出征的人作直接倾诉：“点行频”为全篇诗眼，一针见血地道出了造成百姓妻离子散、万民无辜牺牲、全国田亩荒芜的根源；十五岁出征、四十岁仍在戍边的“行人”的遭遇，无疑是“点行频”的绝佳注解；而纵然“边庭流血成海水”，仍是“武皇开边意未已”。这里，杜甫以满腔不可遏制的悲愤，直诉穷兵黩武的最高统治者。情绪激荡处，诗人驰骋想象，将笔锋从流血成海的边庭转向广阔的内地，以“君不闻”三字领起，再现了一幅人烟萧条、田园荒废、荆棘横生这种民不聊生的景象，这正是频繁战争所带来的恶果。而“长者虽有问”几句，又回到现实写“征人”口述，用几个短促的五言句，从抓兵和逼租两个角度，揭露统治者的穷兵黩武带给人民的双重灾难，以至于诗人听后，不由自主地发出“信知生男恶，反是生女好。生女犹得嫁比邻，生男埋没随百草”的感叹。最后，诗人再度驰骋想象，以无比哀痛的笔调，描绘出战场惨相：平沙莽莽、白骨露野、阴风惨惨、鬼哭凄凄，令人不寒而栗。这里，凄凉低沉的气氛与开头人声鼎沸的场面对比鲜明，悲惨哀怨的鬼哭与开头声干云霄的人号遥相呼应，展得开，收得拢，变化开阖，井然有序，实属大家手笔！

10. 孤儿行

无名氏

孤儿生，
孤子遇生[①]，
命独[②]当苦！

父母在时，
乘坚车，
驾驷马[③]；
父母已去，
兄嫂令我行贾[④]。
南到九江[⑤]，
东到齐与鲁[⑥]。
腊月来归，
不敢自言苦。
头多虮虱[⑦]，
面目多尘。

大兄言办饭，

大嫂言视马[8]。

上高堂，

行取殿下堂[9]，

孤儿泪下如雨。

使我朝行汲[10]，

暮得水来归。

手为错[11]，

足下无菲[12]。

怆怆履霜，

中多蒺藜。

拔断蒺藜肠[13]肉中，

怆欲悲。

泪下渫渫[14]，

清涕累累。

冬无复襦[15]，

夏无单衣。

居生[16]不乐，

不如早去，

下从地下黄泉。

春气动，
草萌芽。
三月蚕桑，
六月收瓜。
将是[17]瓜车，
来到还家。
瓜车反覆[18]，
助我者少，
啖[19]瓜者多。
愿还我蒂[20]，
兄与嫂严，
独且[21]急归，
当兴校计[22]。

乱曰：里中一何譊譊[23]。
愿欲寄尺书，
将与[24]地下父母，
兄嫂难与久居！

①遇：遭逢。生：生活。上句中的“生”是出生的意思。

②独：只。

③驷马：一辆车前套四匹马。

④行贾（gǔ）：做生意，经商。汉代社会商人地位低下，当时有些商贾就是富贵人家的奴仆。兄嫂命孤儿经商，也是把他当奴仆使唤。

⑤九江：九江郡，西汉时治所在寿春（今安徽寿县）。

⑥齐与鲁：泛指今山东一带。

⑦虮虱（jǐshī）：虱是一种寄生在人畜身上的吸血小昆虫，虮是它的卵。

⑧视马：照料马匹。

⑨行取（qū）：往来急走。行，复，又。取，同“趋”，快步走。

⑩汲：挑水。

⑪错：指皮肤粗糙、皲裂。

⑫菲（fèi）：同“扉”（fèi），草鞋。

⑬肠：腓肠，小腿胫骨后面的肉，即小腿肚。

⑭渫（dié）渫：本指水流动，这里指泪流不止。

⑮复襦：夹袄。

⑯居生：活在世上。

⑰将是：推着它（指车）或拉着它。

⑱反覆：翻车。

⑲啖（dàn）：吃。

⑳蒂：瓜蒂。

㉑且：语助词。

㉒当兴：必然引起。校（jiào）计：计较。校，同“较”。

㉓侬（náo）侬：争辩声。引申为喧闹、嘈杂声。

㉔将与：寄给。

扫一扫，静静聆听

孤儿出生了。这个孤儿注定命运中当受无尽的孤苦。

父母在的时候，乘坐坚实的好车，驾驭多匹宝马。父母离世之后，哥嫂让我出门远行做买卖。南到九江，东到齐鲁，年底腊月才回来，我不敢说句“苦”。头发脏乱，长了很多虮虱，脸上满是尘土。大哥指派我去做饭，大嫂指派我去看马。一会跑上高堂，一会奔往下殿，我这个孤儿啊，泪如雨下。早上让我去打水，晚上又背水归来，手儿冻裂，脚上无鞋，悲戚戚踩着寒霜大地。地上满是蒺藜，赤脚被扎，拔断了蒺藜，还有一半（蒺藜）留在肉中，怎能不让我怆然欲悲！泪水涟涟，清涕串串。冬天没件夹袄，夏天没件单衣。这样活着没有一丝欢乐，不如早点离开这个世界，下到黄泉和地下的父母团聚。春天的气息萌发，草儿萌芽，三月采桑养蚕，六月收瓜。拉着瓜车回家，车子翻覆，帮我的人少，趁机吃我瓜的人多。希望你们将瓜蒂还给我，哥哥嫂子严厉，我若空手急急回家，哥哥嫂嫂会为此计较。

尾声：村中怎么这么吵闹？希望寄一封书信给地下的爹娘，实在难以和兄嫂长久生活啊！

赏析

《孤儿行》为汉乐府古辞，《乐府诗集》收入“相和歌辞”。这是一首孤儿以血泪控诉兄嫂虐待的诗篇，与《妇病行》《饮马长城窟行》（青青河畔草）两篇均是缘事而发的作品，揭示了汉末社会底层人民生存的艰难。清代朱乾曾评价说：“读《饮马长城窟行》，则夫妻不相保矣；读《妇病行》，则父子不相保矣；读《上留田》《孤儿行》，则兄弟不相保矣。”

诗歌以第一人称的口吻展开，多用口语，明白如话。从写法的变化可将诗歌分为三部分：开头三句为第一部分，孤儿自叹身世，一个“苦”字奠定了全篇基调；中间是第二部分，描写兄嫂虐待孤儿的情形，是诗歌的主体部分；最后以“乱曰”作结，是第三部分。其中，第二部分又具体用“行贾”“行汲”“收瓜”三件事铺写孤儿所受虐待，其手法值得称道：首先，三件事以时间为经纬有序展开，一日写从早到晚，一年写四季，冬“履霜”，夏“无衣”，春“蚕桑”，六月“收瓜”，繁复中自是脉络分明；其次，三件事两实一虚，前两件事为孤儿的追忆之词，是孤儿在“将是瓜车”的返家途中，情不自禁地回想起自从父母死后，自己所遭遇的一系列的辛酸苦楚，如此虚实相生，避免了行文的单一与呆滞；再次，多用生活的细节，如蒺藜刺脚，又如瓜车翻覆后孤儿乞求啖瓜者归还瓜蒂，历历如见，不仅形象地绘出孤儿悲苦、惊惧的心理，同时又含而不露地点出兄嫂的凶残无情。

驾出北郭门行

[东汉] 阮瑀

驾出北郭门[①]，马樊[②]不肯驰。
下车步踟蹰，仰折枯杨枝。
顾闻丘林中，嗷嗷[③]有悲啼。
借问啼者出，何为乃如斯[④]。
亲母舍我殁，后母憎孤儿。
饥寒无衣食，举动鞭捶施[⑤]。
骨消肌肉尽，体若枯树皮。
藏我空室中，父还不能知。
上冢[⑥]察故处，存亡永别离。
亲母何可见，泪下声正嘶[⑦]。
弃我于此间，穷厄岂有赀[⑧]。
传告后代人，以此为明规[⑨]。

①北郭门：外城北门。古时坟地多在城郭北郊。郭，外城。

②樊：马止而不前。

③噭（jiào）噭：哭声。

④何为乃如斯：怎么（哭得）这么悲伤呢？这是作者问孤儿的话。

⑤举动鞭捶施：动不动就加以鞭打。举动，动辄，动不动。捶，以杖击打。施，施加。

⑥冢：坟墓，此指孤儿亲母的坟墓。

⑦嘶：嘶哑，指喉咙哭哑了。

⑧穷厄：穷困、困苦。赀：估量，计算。

⑨规：教训。

赏析

阮瑀（约165—212），字元瑜，陈留尉氏（今属河南）人，"建安七子"之一，为曹氏邺下文人集团文士，所作章表书记很出色，当时军国书檄文字，多为阮瑀与陈琳所拟。

本篇收入《乐府诗集》"杂曲歌辞"，诗歌叙述了孤儿受后母百般虐待走投无路哭诉于生母坟前的经过，反映了封建家庭伦理关系的冷酷无情。全诗分为三个层次。第一层为开头八句，先交代地点，写出诗人因“马樊不肯驰”而下车折杨柳枝，听到孤儿悲啼而上前询问的一系列事件，是全诗的引子。“亲母舍我殁”以下十四句为第二层，全为孤儿的哭诉之语。“亲母舍我殁，后母憎孤儿”两句，点出孤儿受后母虐待、无限酸楚的根源；“饥寒无衣食”以下六句，叙述后母恶行，从克扣衣食到鞭打，最后发展到将孤儿关闭于空房，还不让他父亲知道，桩桩件件，令读者在愤慨的同时，加深了对孤儿遭遇的同情。“上冢察故处”以下六句，则写孤儿坟前哀哭、悼念亡母，恐惧未来无所依靠的生活，且暗示孤儿未来的处境堪忧。末尾两句为第三层，诗人又以第一人称说话，规劝世人以此为训，不要让孤儿的悲剧重演。

阮瑀此篇《驾出北郭门行》，题材与汉乐府民歌《孤儿行》一致，但二者在艺术手段上迥然不同：首先，《孤儿行》铺排叙事，以多个时空的虚实处理，罗列了许多具体细节，生动而真实，但也因此显得絮絮叨叨、结构松散；《驾出北郭门行》则很巧妙地选择同一时空，让孤儿在生母坟前这一典型场景中讲述辛酸故事，叙述有详有略，情节紧凑而完整，如同一出短剧。其次，杂言体民歌《孤儿行》使用口语化的语言，生活气息浓郁；五言文人乐府《驾出北郭门行》的语言则颇为简练雅洁、锤炼精致。

11. 艳歌何尝行

无名氏

飞来双白鹄[1]，
乃从西北来。
十十五五[2]，
罗列成行。
妻卒被病[3]，
行不能相随。
五里一反顾，
六里一徘徊。
吾欲衔汝去，
口噤[4]不能开；
吾欲负汝去，
毛羽何摧颓[5]。
乐哉新相知，
忧来[6]生别离。
躇踌[7]顾群侣，

泪下不自知。

念与君离别，
气结[8]不能言。
各各重自爱，
远道归还难。
妾当守空房，
闭门下重关[9]。
若生当相见，
亡者[10]会黄泉。
今日乐相乐，
延年万岁期[11]。

---

①白鹄（hú）：白天鹅。

②十十五五：指天鹅在空中飞行，或十只一行或五只一行。

③卒：同“猝”，突然。被病：患病。

④噤：闭口。

⑤摧颓：毁损脱落。

⑥来：语气助词，没有实在意义。

⑦躇躊：即“躊躇”。

⑧气结：憋了气说不出话来。

⑨重关：两道门闩。关，门闩。

⑩者：语气助词，没有实在意义。

⑪今日乐相乐，延年万岁期：今日我们都为自己的幸福感到愉快，每个人都能万寿无疆。此为乐曲结束时，乐工向听众所唱的套语。

扫一扫，静静聆听

参考译文

双双白鹄从西北方向飞来，或十只一行，或五只一排，罗列成行，比翼齐飞。突然一只雌鹄因疲病不能再相随。雄鹄不舍分离，频频回顾，徘徊不已，（雄鹄：）“我想衔你同行，无奈嘴闭着不能张开；我想背你同去，无奈羽毛损毁脱落，无力负重。相识的日子我们那么快乐，今日离别，真是无限忧伤，望着身边双双对对的同伴，我们却要憾恨相别，悲戚之泪情不自禁淌下来。”

（丈夫离别在即，妻子含泪诉衷曲：）“想到要与你生生别离，就不禁气塞咽喉，哽咽不能言语。（此次一别，天各一方，）路途遥远，归家无期，希望我们彼此各自珍重吧。我在家里，将独守空闺，闭门下闩，（等你早日回来。）如果活着，我们定会再相见；如果死去，那就只能到黄泉之下相会了。”（乐工祝颂：）“今日我们都为自己的幸福感到愉快，每个人都能万寿无疆。”

赏 析

本篇见于《宋书·乐志》，题为《大曲·白鹄·艳歌何尝》。郭茂倩《乐府诗集》也选此诗，归入“相和歌辞”。这是一首夫妇离别之作，借一双白鹄顾恋不舍的别离情景，抒发夫妇惨然生别的缠绵哀怨之情。

据《宋书·乐志》所注，本篇首句至“泪下不自知”为正曲，“念与君离别”及以下为“趋”（“趋”为乐章结尾之际的称谓，与“乱”相近）。

正曲部分全用比兴，写远翔途中，双鹄被迫生生别离的场景：雌鹄“卒被病”，这突如其来的变故，中止了双鹄比翼齐飞、恩爱欢愉的篇章，雄鹄不得不抛下爱侣只身随队伍前行，却又“五里一反顾，六里一徘徊”，顾恋不舍，想要口衔、背负雌鹄同行，奈何口不能张、翼不足以负，欲舍不忍、欲罢不能，千般悲戚、万种心忧，方凝成“乐哉心相知，忧来生别离”一句。接着更写雄鹄在徘徊反顾、心焦情苦之时，举目又见群鸿列阵、翩翩双飞，昔乐今悲、已悲人乐，比照鲜明，于是泪下而不自知。如此写法，如见如感，真真绘尽别离之苦。

“念与君离别”一句开始，不复比兴，而直接让人物出场，选择丈夫离别在即的场景，直述妻子对远行丈夫的心曲衷肠：天各一方，彼此珍重；生当盼归，死会黄泉。哀哀切切，语痛情苦，闻之掉泪。此处，并无一字写女子的形貌神态，然其憔悴不堪、蹙眉泪面之状如在眼前；其善良多情、温婉坚贞之性也不难想见。末尾“今日乐相乐，延年万岁期”两句，是乐府歌曲的套语，为乐工唱完歌曲之后再唱给听众的祝颂之词，一般与原诗内容关联不大，但此处不然：故事里的生生别离之苦与祝颂语的长相厮守之乐，无疑又形成故事与现实的悲喜映衬，使故事的感染力进一步增强。

飞来双白鹄

[南朝宋] 吴迈远

可怜[1]双白鹄，双双绝尘氛[2]。
连翩弄光景[3]，交颈遊[4]青云。
逢罗复逢缴[5]，雌雄一旦[6]分。
哀声流海曲[7]，孤叫去江濆[8]。
岂不慕前侣，为尔不及群[9]。
步步一零泪，千里犹待君。
乐哉新相知，悲来生别离。
持此百年命，共逐寸阴移[10]。
譬如空山草，零落心自知[11]。

①可怜：可羡。

②绝尘氛：指白鹄飞得很高。尘氛，尘埃。

③光景：阳光。景，亮光，日光。

④遊：遨游。

⑤罗：罗网，捕鸟兽的网。缴（zhuó）：系在箭上的丝绳，射鸟用。此处指系着丝绳的箭。

⑥一旦：一下子，突然之间。

⑦海曲：海湾，海隅。

⑧江濆（fén）：江岸，江边。濆，水边。

⑨岂不慕前侣，为尔不及群：怎么不想追随前面的同伴呢，只是为了你才没有跟上队伍。侣，同伴，伴侣。

⑩持此百年命，共逐寸阴移：本来的打算，是想以此一生，同爱侣厮守在一起，度过每一寸光阴。

⑪譬如空山草，零落心自知：（现在你死了，我活着也没什么意思，）就像空山凋零的草木，零落的哀伤只有自己知道啊。

赏 析

吴迈远（？—474），南朝宋诗人。代表作品有

《长相思》《长别离》等。这篇《飞来双白鹄》是乐府古辞《艳歌何尝行》的文人拟作。

诗歌前八句是故事的叙述。“可怜双白鹄”以下四句，用“双双”“连翩”“交颈”等字样，写这一对白鹄在高空或一前一后，或一左一右，嬉戏遨游，显得那么快乐，那么亲昵，足以令人羡慕；“逢罗复逢缴”以下四句，写变故突起，雌鹄遭罗网、弓箭的捕杀，雄鹄痛失爱侣，在海曲江边四处寻找，哀鸣不已。前四句写白鹄双飞之乐，极言可羡；后四句写形单影只之苦，极言可哀。前后映衬，突出了双鹄故事的悲剧性。

后十句当是雄鹄的内心独白。痛失爱侣后，它飞不及群，悲伤泪落不敢相信爱侣已经逝去，反顾徘徊等着爱侣赶上来。然而现实是残酷的，爱侣已然逝去，它明白自己终究是形单影只，往日的恩爱欢愉终究成为泡影，活着也没有什么意思。这里，雄鹄由痛失爱侣到不信爱侣已失再到确信爱侣之失，其心理几度变化，准确地传达出雄鹄失去爱侣后的极度悲伤，真切细腻，感人至深。

作为拟作，较之古辞，吴迈远此篇多有改进：

首先，把有四言掺杂的五言句改为纯粹五言，文字更为流畅；其次，删去了古辞后面一段人物出场的告白，纯用比兴体，结构因此更为紧凑；尤值一提的是，古辞雌鹄的失落是缘于“被病”，而此诗则是罗网和弓箭的伤害，这是情节上的很大不同，由此可见雌雄白鹄分离是外在势力破坏所致，是“社会”悲剧，这就大大深化了作品的主题。

12. 艳歌行（其一）

无名氏

翩翩堂前燕，冬藏[①]夏来见。
兄弟两三人，流宕[②]在他县。
故衣谁当补？新衣谁当绽[③]？
赖得贤主人[④]，览取为吾组[⑤]。
夫婿[⑥]从门来，斜柯西北眄[⑦]。
“语卿[⑧]且勿眄，水清石自见[⑨]。”
石见何累累[⑩]，远行不如归。

---

①藏：指燕冬季飞往南方，见不到了。

②流宕：同“流荡”，流落，颠沛流离。

③绽：本是“裂缝”之意，这里是“缝补”的意思。“故衣谁当补，新衣谁当绽”两句是连类偏举，新衣本不需绽，且据下文“览取为吾组”，可知此两句只是在说“故衣谁当补”，“新衣谁当绽”

一句为陪衬。

④贤主人：据下文当指贤惠的女主人。

⑤览：同“揽”，取。组（zhàn）：同“绽”，缝补。

⑥夫婿：指女主人的丈夫。

⑦斜柯：一作“斜倚”，侧歪着身子，斜靠着。眄（miǎn）：斜着眼睛看。

⑧卿：您。古人对人尊称为“卿”。

⑨见：同“现”。

⑩累累：重叠，堆积。

扫一扫，静静聆听

参考译文

堂前燕子翩翩飞舞，冬天不见身影夏天又飞回来。我们兄弟两三人，颠沛流离在异地他乡。

衣服破旧谁来补？多亏贤惠的女主人，拿去替我缝。男主人从门外进来，侧身倚门，侧眼斜视。

告诉主人您不必斜眼看，我心地坦然，就像清水中的石头，一块块都清晰可见。我心磊落如石，（却遭猜疑，）远行多苦楚，不如回家啊。

赏析

《艳歌行》为乐府古辞，《乐府诗集》归入“相和歌辞”。此诗写“兄弟两三人”流浪他乡所经历的一个尴尬场面，写得真切生动，又谐中寓庄，反衬出游子之凄苦。

诗歌以比兴开篇，堂前之燕，冬去夏归有定时，而我“兄弟两三人”却久出不归，长作他乡人。在这里，游子感物起兴，触景生情，竟是人不如燕，可见其有家不得归的凄苦。游子流浪他乡，日子久了，衣衫破烂，女主人很是贤惠，见此主动为之缝补。女主人此举很有人情味，令游子在凄苦不堪的境遇中感受到了善意与温暖，其内心的感动和欣喜不难想见。但正当游子感动、欣喜之际，男主人回到家里，见妻子在给其他男子缝补衣服，不免心有所疑，但又不明就里，不好发作，于是侧身倚门，侧眼斜视。此番场景极为生动、真实，而作者处理得也极为精彩：只将笔墨集中于突然看见此情形的男主人，又仅写其“斜柯西北眄”的神态动作，而一言未及女主人和游子。这一刻，时间仿佛静止，三双眼睛对视，三张嘴欲说无言，三人更是各生想法、各具心态。尴尬中，还是游子先说话，打破了静默：“语卿且勿眄，水清石自见。”游子口中说完这番自陈心迹的话后，误会应该得以冰释，但其内心的凄苦之情显然又加深了，以至于不由自主地发出“远行不如归”的感慨。

总之，此诗用戏剧化的场面写游子漂泊他乡的凄苦，以谐寓庄，情节紧凑，人物鲜明，矛盾集中，显示了作者观察生活、把握生活、再现生活的卓越才能。

门有车马客行

[西晋] 陆机

门有车马客，驾言发故乡。

念君久不归，濡迹涉江湘[①]。

投袂赴门涂[②]，揽衣不及裳[③]。

拊膺[④]携客泣，掩泪叙温凉[⑤]。

借问邦族[⑥]间，恻怆论存亡。

亲友多零落，旧齿[⑦]皆凋丧。

市朝互迁易[⑧]，城阙或丘荒[⑨]。

坟垄日月多[⑩]，松柏郁芒芒[⑪]。

天道信崇替，人生安得长[⑫]。

慷慨惟平生，俯仰独悲伤。

①濡迹：留下踪迹。濡，停留。江湘：长江和湘江，此处当偏指长江，因为从吴郡至洛阳无须经湘江，诗人此为押韵而已。

②投袂（mèi）：甩下衣袖。赴门涂：赶紧到门口路上（迎接）。涂，同“途”，道路。

③揽衣：提着衣服。不及裳：古时有上衣下裳之分，“裳”是下身所穿的衣裙，男女都穿，“不及裳”是说只整理上衣还没顾得上整理下裳就跑出去了。

④拊（fǔ）膺（yīng）：拍打胸膛，这是人痛苦、愤怒时常有的动作行为。

⑤掩泪：拭泪，擦拭眼泪。温凉：这里指充满辛酸的过往岁月。

⑥邦族：乡国和宗族。

⑦旧齿：故旧老人，德高望重者。

⑧市朝：市集和朝堂。迁：变化，变更。易：改变，更改。

⑨丘荒：成了丘垄和荒地。

⑩坟垄日月多：坟墓一天天增加。

⑪郁芒芒：茂盛的一大片。古人在墓旁种松柏，所以“松柏郁芒芒”是写坟墓日增。

⑫天道信崇替，人生安得长：意思是说，宇宙间万事万物其实都有盛衰，人生又哪里能够长长久久呢？天道，自然规律。信，确实，的确。崇替，盛衰。

参考译文

陆机（261—303），西晋时吴郡吴县华亭（今上海市松江区）人，工诗赋书法。

《门有车马客行》，乐府旧题，属“相和歌辞”，多写在外漂泊的游子见到故乡来客，向其询问故乡事，从而抒发对故乡沧桑变化、亲友零落的悲叹。晋武帝末年，陆机和弟弟陆云离开江南家乡，北上洛阳求取功名。不久，晋武帝去世，朝堂各势力对权位展开激烈的争夺。陆机沉浮于这种复杂的环境中，倍感仕途艰险、人命危浅，常生思乡念友之情。由此可见陆机此作虽沿用乐府旧题，但与自身经历体验紧密相关，故而显得情真意切，颇具感染力。而此篇与乐府民歌《艳歌行》（其一）同属游子思乡题材，一叙游子偶尔得知故乡消息的急切与悲伤，一言游子漂泊他乡的苦楚，两诗并置读之，互有补益，互有生发。

开头至“揽衣不及裳”为全诗第一层，写迎客。首两句开篇点题；“念君久不归，濡迹涉江湘”两句则以故乡来客的口吻点明诗人离乡时间之长，故乡客远涉而来又表明他们之间的关系非同一般，由此便为下文的问讯作了铺垫；“投袂赴门涂，揽衣不及裳”两句则用一连串紧张慌乱的动作，生动传神地表现出诗人得知故乡来客时内心的激动与急于相见。

“拊膺携客泣”至“松柏郁芒芒”为第二层，写问讯。先写见到故乡客时的种种情不自禁，诗人连用“拊膺”“携”“掩泪”“叙温凉”等带有强烈主观情绪的词语，淋漓尽致地表现了诗人内心郁积已久的思乡之情；“借问邦族间”以下八句，写诗人迫不及待地问及家乡近况，然而答案却令人悲伤不已：亲友零落、耆旧辞世，市朝互易、城阙成丘，坟垄日多、松柏成林——如此惨景，闻之于耳内，形之于脑海，怎能不让人愈发感慨万端、哀叹连连！

“天道信崇替”至篇末为第三层，抒感慨。在这里，诗人将生命个体与天地宇宙并提，从而将亲友零落、生命短促的现实痛苦升华为对整个人生意义和价值的思考与感慨，使诗歌主题具有更为深广的意义。

13. 怨歌行

无名氏

新裂齐纨素[①]，
鲜洁如霜雪。
裁为合欢扇[②]，
团团似明月。

出入君怀袖，
动摇微风发。
常恐秋节至，
凉飙[③]夺炎热。
弃捐箧笥中[④]，
恩情中道绝。

①裂：裁剪下来。齐纨素：齐地出产的细绢。纨，细绢。素，没有染色的白绢。

②合欢扇：两面有合欢图案的扇子。“合欢”，是一种对称图案的花纹，象征男女和合欢乐之意。

③飙（biāo）：急风。

④弃捐：丢弃。箧笥（qièsì）：盛东西的竹箱，长方形的叫笥，小的叫箧。

扫一扫，静静聆听

参考译文

新裁下一块齐地出产的精美丝绢，像霜雪一般鲜亮洁白。把它做成有合欢图案的团扇，像一轮洁白明亮的圆月。

扇子常置于主人怀袖，轻摇团扇，微风顿生，凉意顿起。常常担心秋天来临，清凉代替炎热，那时团扇将被扔进竹箱，从前与主人的恩情也就中途断绝。

赏析

这首《怨歌行》，《乐府诗集》将之列入“相和歌辞”。关于作者，历来有分歧。曹植、陆机等人认为是汉成帝妃嫔班婕妤所作；刘勰则从五言诗发展的角度分析，认为西汉时期不大可能产生如此成熟的五言诗，因而认为本诗是后人附会班婕妤事迹的伪作。

班婕妤是著名史学家班固的祖姑，少有才学，工诗赋。成帝时被选入宫，封为婕妤。后赵飞燕获专宠，她几遭不测，于是自请供奉皇太后于长信宫。其所作《自悼赋》《捣素赋》等，抒发其失宠后幽居深宫的郁闷和哀怨。

这是一首以咏物抒发怨情的诗歌，表面看，句句在言团扇，但诗人以扇喻人，以团扇的经历来象征古代女子宠而复衰，中途被弃的悲苦命运。起首两句“新裂齐纨素，鲜洁如霜雪”，写团扇材质之美，同时又暗示女子出身名门、容貌出众、品质纯美。接下来两句“裁为合欢扇，团团似明月”，写团扇制作之工，“合欢”图案的绣制，不仅突出团扇的精致美观，更寄托了女子对美好爱情的向往；而扇如圆月之形，也象征着她对永远团圆的期望。“出入君怀袖，动摇微风发”两句，写炎夏时节，团扇常置于怀袖之中，取出轻摇，微风顿生，凉意顿起，暗示女子受到恩宠，陶醉于幸福之中。此后四句，笔锋为之一变，由团扇之盛、女子受宠之隆，转写扇恐被弃、女子恐色衰被冷落："秋节"暗隐韶华已衰，"弃捐箧笥中"则隐喻冷宫幽闭，而"常恐"，正说明战战兢兢、如临深渊、如履薄冰乃是封建社会上至帝王妃嫔、下至民间妇女的普遍心态。

本诗借扇喻人，巧言哀怨之情，物我双关，贴切生动，浑然一体。以秋扇见捐来比喻女子似玩物遭弃，颇为新奇，前无古人，后有来者：后代诗词中，秋扇、团扇几乎成为红颜薄命、中道见弃的象征，即是明证。

婕妤怨

［唐］刘云

君恩不可见，

妾岂如秋扇。

秋扇尚有时，

妾身永微贱。

莫言朝花不复落，

娇容几夺[1]昭阳殿[2]。

①夺：改变，变更。

②昭阳殿：汉代宫殿名，为赵飞燕姊妹住处，后泛指得宠宫嫔所居之地。

赏析

刘云，生卒年不详，女，唐代诗人，身世无考。《全唐诗》存其诗五首。

《婕妤怨》为乐府古题，属“相和歌辞”。刘云此篇，用汉代班婕妤之典，写宫廷嫔妃的幽怨之情，无论题材还是意象，都明显承袭汉乐府《怨歌行》而来，但又有自己的拓展和发挥。

诗歌开头即写一位宫嫔久居宫中，从不曾得君王恩宠，芳颜空逝，饱尝孤寂冷落之苦。班婕妤失宠后曾怨叹“人同秋扇”，而自己竟连秋扇都不如。毕竟秋扇被弃置，不过暂时，待到来年炎夏，仍可出箧，而自己久锁深宫，难有出头之日。“永微贱”一词，不仅概括了她寂寞的过去，也预示着凄苦难熬的未来，思及念及，怎能不令她郁悒哀伤！在这里，“人不如扇”显然比《怨歌行》“人同秋扇”更进一层，更见红颜空老深宫的残酷。然而，诗人的思考在末二句竟然还有拓展：“莫言朝花不复落，娇容几夺昭阳殿。”花无百日红，朝花复落是自然规律，鲜艳明媚的容颜也会老去，而深宫之中因色衰而受冷落，带来的自然是地位待遇的改变，昭阳殿里几番更换新主就是最好的证明。在这里，主人公已清醒地意识到：宫嫔得宠是暂时的，失宠是难免的。每一个深宫的女子，无论得宠还是失宠，等待她们的都是不幸的结局。基于这样的认识，她的幽怨就不仅仅属于个人，分明是所有深宫女子的代言，诗歌也因此具有极为深广的意义。

14. 蜨[1]蝶行

无名氏

蜨蝶之遨游东园，

奈何卒逢三月养子燕[2]，

接我苜蓿间[3]。

持之我入紫深宫[4]中，

行[5]缠之傅[6]欂栌[7]间，

雀来燕[8]。

燕子见衔哺来，

摇头鼓翼，

何轩奴轩[9]。

---

①蜨（dié）：蝴蝶。“蜨”是“蝶”的异体字。

②卒：同“猝”，突然。养子燕：喂养雏鸟的燕子。

③接：遭遇，碰到，这里有劫持的意思。苜蓿（mùxu）：豆科植物，开紫色花，是一种重要的牧草和绿肥作物。

④紫深宫：帝王贵人居住的幽深宫殿。

⑤行：即将，就要。

⑥缠、傅：缠绕。傅，同“缚”。

⑦欂栌（bólú）：即斗拱，古代建筑物中柱顶承接横梁的方木，燕子往往筑巢于此。

⑧雀来燕：像雀一样欢快跳跃的燕。来，助词，没有实在意义。

⑨何轩奴轩：即何轩轩。轩轩，高高举起的样子。奴，助词，没有实在意义。

扫一扫，静静聆听

参考译文

阳春三月，一只美丽的蝴蝶遨游东园，翩跹飞舞。为什么我就突然遇上一只为雏燕觅食的燕子？我还来不及从苜蓿花上飞起，便被飞掠而来的燕子衔住。燕子衔着我飞入深宫的屋檐下，那燕子窝就缠缚在大梁斗拱之上，看到妈妈衔了吃的回来，雏燕们欢叫着，雀跃不已。它们一个个大张着嘴，摇晃着脑袋，高高地鼓动着小翅膀。

赏析

这首诗在《乐府诗集》中属“杂曲歌辞”。这是汉乐府中一首形象生动的语言歌谣，全篇以蝴蝶的口吻，讲述了它在春日被燕子捉去喂哺雏燕的悲惨遭遇，充满了奇思、奇情。

主人公蝴蝶一出场，呈现在我们眼前的便是东园翩跹飞舞的美丽身影："蜨蝶之遨游东园。"这里只交代了"人物""事件"和"地点"，然而借助后文的"三月""苜蓿"，我们便可绘出这样一幅美丽而充满生机的图画：阳春三月，春草葳蕤，东园一片姹紫嫣红，鸟语花香。故事的主人公蝴蝶正尽情地游戏其间，忽而凝立花间，忽而翩然飞舞，一切都是那么美好。"奈何卒逢三月养子燕，接我苜蓿间"两句明接暗转，变故陡生：苜蓿丛中，蝴蝶突然遭遇为子觅食的燕子。"卒逢"表明突遇强敌，蝴蝶猝不及防，毫无抵抗能力；而一个"接"字，可见燕子捕食动作的迅猛，可怜小小蝴蝶注定要成为燕子的口中之物！于是，蝴蝶的心情从刚才的欢愉陡然坠入无边的恐惧悲哀中。"持之我入紫深宫中"以下五句，写蝴蝶被劫往燕巢，雏燕们看到老燕衔回食物，都迫不及待地昂头纵身，鼓动翅膀，张嘴待食。这是蝴蝶即将葬身燕腹时所见之情景。这里明写雏燕嗷嗷待哺的急切神态，又暗示蝴蝶濒临死亡前内心的极度恐惧与绝望。诗歌至此也戛然而止，将蝴蝶葬身燕腹的情形留给读者自行去想象和体会。读诗至此，我们通过弱小蝴蝶对自己顷刻命丧燕口的悲叹，隐隐感知，蝴蝶的悲惨境遇，何尝不是黑暗、动荡的社会里人们生命危浅、朝不虑夕的生活境遇的写照呢?

枯鱼过河泣

无名氏

枯鱼[①]过河泣，
何时悔复及！
作书与鲂鲊[②]，
相教慎出入。

---

①枯鱼：干鱼。

②作书：写信。鲂：鳊鱼。鲊（xù）：鲢鱼。

赏析

《枯鱼过河泣》，汉乐府民歌，《乐府诗集》收入“杂曲歌辞”。与《蜨蝶行》类似，这首诗也是借寓言故事讽喻，显示出警戒世人的主旨。

全诗共四句。开头两句便突兀而起：一条枯鱼过河时，忍不住伤心痛哭，悲叹现在后悔已来不及。读时，一连串的疑问顿时冒出：既是枯鱼，怎么会过河呢？为什么哭呢？悔不当初什么呢？这一切原因，这里只字未提。接下来的三、四两句，仍不直接回答这条枯鱼何以过河、何以泣、何以悔的问题，又突发奇想，转而写枯鱼给河里的伙伴鳊鱼、鲢鱼写信的情节。书信仅“相教慎出入”五字，意思是说，大家要相互告诫，无论外出或回来，都要小心谨慎，千万不可粗心大意。细细品来，其内蕴异常丰富：这封信不但体现枯鱼对伙伴们的由衷关切，还表明枯鱼之所以过河悔泣，正是由于当初麻痹大意、掉以轻心所致，此刻枯鱼被人携过河去，看到昔日嬉游过的河水，却再也不能回到碧波之中，不禁伤心痛哭，悔恨不已，它用自己的惨痛教训告诫伙伴们不要重蹈自己的覆辙。由此可见，“相教慎出入”这一用自由和生命换来的教训，既是枯鱼对伙伴的警告，也是对自己的悲悼，读来令人心酸不已。

从内容来看，这首诗大概产生于军阀混战不绝的东汉末年，诗歌以鱼拟人，反映的正是在动荡的东汉末年，灾祸随时可能降临到人们头上的残酷现实。诗歌通篇设喻，感兴、自况和寓意兼而有之，想象新奇，结构精巧，显示了汉乐府民歌高超的艺术表现力。

15. 悲歌

无名氏

悲歌可以当[①]泣，
远望可以当归。
思念故乡，
郁郁累累[②]。
欲归家无人，
欲渡河无船。
心思不能言，
肠中车轮转[③]。

---

①当：充当，代替。

②郁郁累累：忧愁很深的样子。

③车轮转：形容内心百愁郁结，难言的隐痛在愁肠中如车轮般回转碾压。

扫一扫，静静聆听

参考译文

悲歌一曲代替思家的哭泣，登高望远就当做回到了故乡。思念故乡啊，忧愁盈满心怀。欲待归去，家中早无亲人；想要水路返乡，河上并无船只。满腔的愁思无法倾诉，只好憋闷在心中，郁结成伤，就像车轮在肠子里转动，阵阵绞痛。

赏 析

这首诗为乐府古辞，收入《乐府诗集》的“杂曲歌辞”。诗歌反映的是社会动荡不安、战火连年不断的背景下，游子思念家乡而又无家可归的悲伤。

诗歌起笔突兀，“悲歌可以当泣，远望可以当归”两句劈空而来，以“歌”当“泣”，以“望”当“归”，两个“当”字，细细想来，分明又是不可“当”、无法“当”，这就写出了人物的无可奈何和聊以自慰。接下来，换用“思念故乡，郁郁累累”两个四字句，直接点明之前的“悲歌”“远望”之举，乃是郁结成堆的浓浓乡愁无法排遣所致。既然乡愁如此摧折人，那么，唯有归乡，方能解忧。然而“欲归家无人，欲渡河无船”，当归不能归便迅速变成无法归、归无用，层层悲情，一一写来，很有层次，颇耐咀嚼。末二句写内心巨大的悲愁无从诉说，萦绕盘旋，如车轮转肠，反复绞痛，令人难以忍受。

总之，全诗围绕一个“悲”字展开：一悲无泪可泣，只好以“歌”解忧；二悲不能归去，只能以“望”消愁；三悲欲归家无人；四悲欲渡河无船。反反复复，哀哀切切，足见游子悲之广、悲之深，真不负“悲歌”之题！

古歌

无名氏

秋风萧萧愁杀[1]人。
出亦愁，
入亦愁。
座中何人，
谁不怀忧？
令我白头。
胡地多飙风[2]，
树木何修修[3]！
离家日趋远，
衣带日趋缓。
心思不能言，
肠中车轮转。

①愁杀：即“愁煞”，谓使人极为忧愁。“杀”“煞”，均表示程度很深。

②飙风：狂风。

③修修：原指鸟尾干枯、不润泽的样子，这里用来形容树木被秋风吹得枝叶稀疏，干枯如鸟尾。

赏析

《古歌》为乐府古辞，《乐府诗集》属“杂曲歌辞”，与《悲歌》堪为姊妹篇。首先，题材内容相同，均写思乡之愁。其次，章法极为相似，《悲歌》紧扣一个“悲”字展开，起笔突兀，层层写悲；《古歌》则从“愁”字着笔，起笔也是不凡，句句言愁。再次，句式都是长短交错，参差之中又不乏齐整，且都以“心思不能言，肠中车轮转”作结。

当然，二者的区别也很明显：《悲歌》写游子思乡，直抒胸臆，以肺腑之言动人心弦；《古歌》则写征人思乡，又多糅合景语与情语，手段上以情景交融见长。此诗以“秋风萧萧愁杀人”起笔，寥寥七字，就将景物之萧条与心态之凄凉融合无间，既为全诗奠定抒情基调，更具有统领全诗的结构作用。“出亦愁，入亦愁”两句，一会儿出，一会儿入，坐立不安，这是以典型的动作来传达抽象的愁思。“座中何人，谁不怀忧？令我白头”三句以议论出之，将愁由个体拓展为群体，满座征人，你愁，我愁，他愁，分明同是思乡病患者，这就使得愁更具有普遍意义，诗歌的主旨也因此更为深广。接下来“胡地多飙风，树木何修修”两句寓情于景，写边塞风狂树枯，一片荒凉萧瑟的景况，而征人之愁已融于其间。而末四句将愁情写得更悲，更不能忍受：离家越远越难回，越难回则越思念，越思念则人越憔悴消瘦，分明是“断肠人在天涯”！而这奔赴边地的断肠人也是“心思不能言，肠中车轮转”，满腹悲愁积压，痛苦得无以复加。

16. 冉冉[1]孤生竹

无名氏

冉冉孤生竹，结根泰山阿[2]。
与君为新婚，菟丝附女萝[3]。
菟丝生有时，夫妇会有宜[4]。
千里远结婚，悠悠隔山陂[5]。

思君令人老，轩车[6]来何迟！
伤彼蕙兰[7]花，含英[8]扬光辉。
过时而不采，将随秋草萎。
君亮执高节[9]，贱妾亦何为！

---

①冉冉：柔弱下垂的样子。

②阿（ē）：角落，此指山坳。

③菟丝附女萝：菟丝、女萝都是具有攀援、缠绕习性的蔓生植物，这里象征新婚夫妇感情的缠绵融洽。

④宜：适当的时候。

⑤山陂（bēi）：山坡。

⑥轩车：古时大官乘坐的有篷的车。

⑦蕙、兰：都是香草。

⑧含英：含苞待放。

⑨亮：诚信，信实。高节：指坚贞不渝的爱情。

扫一扫，静静聆听

柔弱无依的竹子，扎根在大山深处。（柔弱无依的我啊，多想嫁一个可以终身依靠的夫君。）和你刚刚成婚啊，我们情投意合，好比菟丝女萝彼此相依。菟丝开花有一定的花期啊，你我夫妇厮守应在美好的青春年华。我千里而来与你成婚，不料你我又将远隔千山万水。

相思最易红颜老，夫君你怎么迟迟不乘车归！我正如那青枝绿叶的兰花蕙草，将要开出鲜艳明媚的花朵。假如不及时采摘啊，将会随秋草一同枯萎。夫君想必对我忠贞不渝啊，那么我又何必自怨自伤？

赏 析

此诗为《古诗十九首》之一，《乐府诗集》收入“杂曲歌辞”。诗歌以第一人称口吻展开，抒发女子新婚之后的久别之怨。“悲莫悲兮生别离”，新婚之别，尤见悲哀。

诗歌分为四层：“冉冉孤生竹”以下六句追忆新婚时的甜蜜，女嫁夫婿，如孤竹托根泰山、菟丝附于女萝，兴中有比，含蓄蕴藉；“千里远结婚”以下四句写今日别离之苦，直接铺写，自然流畅；接下来“伤彼蕙兰花”四句再用比兴，将别离之苦用兰花蕙草花开堪折深入一层来写，既见新婚少妇青春艳丽的神采，又寓草木凋零、美人迟暮的感慨，这样一来，“伤彼”变成“伤己”，既是触物伤情，也是以花自喻，从而将这新婚别离的哀怨写到极致，手法高妙；末二句“君亮执高节，贱妾亦何为”则是女子望归无期时的自我安慰之语，表面上充满了对夫婿“守节情不移”的美好期待，但更多地体现为女子在哀怨悲伤中的挣扎和强自解脱，以及她心中深藏的巨大隐忧——担心丈夫久宦不归另觅新欢。

总之，诗歌以思妇的口吻展开，着意于呈现新婚不久即与夫别离的女子在回忆的甜蜜和现实的哀伤中反复煎熬的微妙而矛盾的内心世界，写得哀怨缠绵，深得诗歌创作温柔、敦厚之旨，鲜明地体现了“怨而不怒”的情调，淡淡的忧伤始终萦绕字里行间。而唯其轻淡，方显情思悱恻悠长，更能触动人心。

新婚别

[唐] 杜甫

兔丝附蓬麻，引蔓故不长[①]。
嫁女与征夫，不如弃路旁。
结发为君妻，席不暖君床。
暮婚晨告别，无乃[②]太匆忙！
君行虽不远，守边赴河阳。
妾身未分明，何以拜姑嫜[③]？
父母养我时，日夜令我藏[④]。
生女有所归，鸡狗亦得将[⑤]。
君今往死地，沉痛迫中肠。
誓欲随君去，形势反苍黄[⑥]。
勿为新婚念，努力事戎行。
妇人在军中，兵气恐不扬。

自嗟贫家女，久致罗襦裳⑦。

罗襦不复施⑧，对君洗红妆⑨。

仰视百鸟飞，大小必双翔。

人事多错迕⑩，与君永相望！

---

①引蔓故不长：蓬和麻都是小植物，菟丝依附其上，受其限制，藤蔓自然长不长。

②无乃：恐怕……吧？

③姑嫜：即公公婆婆。

④藏：深居闺阁中。

⑤生女有所归，鸡狗亦得将：意思是说，女子结了婚，无论丈夫怎样，总算是有了依靠，即“嫁鸡随鸡，嫁狗随狗”的意思。归，指女子出嫁。将，跟随丈夫一起生活。

⑥形势反苍黄：在这种紧急的情况下，内心感到慌乱，不能决定。苍黄，即“仓皇”。

⑦久致：因为家贫，嫁衣置办不易，故云久致。致，置办，备办。罗襦裳：这里指嫁衣。

⑧不复施：不再穿。

⑨红妆：即红粉妆。古代妇女涂面用米粉或铅粉，红色的称为红粉，这里泛指涂在脸上的脂粉。

⑩人事多错迕（wǔ）：世间的事，往往难如人愿。这里是说，新婚之后，不是夫妻厮守，而是离别从军。错迕，违逆，不如意。

赏析

“安史之乱”中，杜甫从洛阳回华州（今属陕西渭南市），一路所见均是兵荒马乱的景象，遂写下“三吏”“三别”这两组传世名篇。“三吏”“三别”继承了汉乐府写时事传统，以深沉的笔触再现“安史之乱”带给人民的深重苦难，但手法有别，侧重点也不同：“三吏”以问答的形式，从“事”的角度批评朝廷竭尽民力征发兵役的不合理；“三别”则以独白的形式，从“情”的角度反映人民面对战争的态度和复杂心理，反映他们对正常生活和亲情的留恋以及为国家承担责任的勇气。

《新婚别》无论是题材的选择，还是比兴的使用，甚至到叙述的口吻，都明显有汉乐府古诗《冉冉孤生竹》的影子：《冉冉孤生竹》写一女子新婚不久即与外出求取功名的夫婿别离，《新婚别》则写一个“暮婚晨告别”的新郎被征上战场前与新娘离别的情景;《新婚别》开头的“兔丝附蓬麻，引蔓故不长”分明脱自《冉冉孤生竹》中的“与君为新婚，菟丝附女萝”;《冉冉孤生竹》以思妇的口吻叙尽哀怨,《新婚别》则以新妇的独白贯穿全篇。

杜甫此篇《新婚别》，突破了《冉冉孤生竹》闺怨的狭小格局，塑造了一个满腔怨愤而又深明大义的新妇形象，在继承的基础上又有所创新，充实了不同的时代内容，显示了全新的社会意义。全诗共三十二句，八句一层，四层四转：先怨结婚时间太短，分别太过匆忙；再叹自己的身份都来不及确定，但多年的礼法教育又迫使自己必须接受命运的安排；继而欲随丈夫同赴前线，又怕影响士气而放弃，只能激励丈夫为国立功；最后表示从此洗去铅华，永远互相等待。新妇的语气由怨恨悲愤到沉痛决绝，通过曲折、剧烈的内心斗争，最后勉励丈夫“努力事戎行”，这是典型的战争环境中人物思想感情的发展变化，真实无比，感人至深。

17. 孔雀东南飞（并序）

无名氏

汉末建安[①]中，庐江府小吏焦仲卿妻刘氏，为仲卿母所遣[②]，自誓不嫁。其家逼之，乃投水而死。仲卿闻之，亦自缢[③]于庭树。时人伤之[④]，为诗云尔。

孔雀东南飞，五里一徘徊。
“十三能织素，十四学裁衣，
十五弹箜篌[⑤]，十六诵诗书[⑥]。
十七为君妇，心中常苦悲。
君既为府吏，守节[⑦]情不移，
贱妾留空房，相见常日稀。
鸡鸣入机[⑧]织，夜夜不得息。
三日断[⑨]五匹，大人故嫌迟[⑩]。
非为织作迟，君家妇难为！
妾不堪驱使，徒留无所施[⑪]，
便可白公姥[⑫]，及时相遣归。”

府吏得闻之，堂上启[13]阿母：
“儿已薄禄相[14]，幸复得此妇，
结发[15]同枕席，黄泉[16]共为友。
共事[17]二三年，始尔[18]未为久，
女行[19]无偏斜，何意致不厚[20]？”
阿母谓府吏：“何乃太区区[21]！
此妇无礼节，举动自专由[22]。
吾意久怀忿[23]，汝岂得自由[24]！
东家有贤女，自名秦罗敷[25]，
可怜体无比[26]，阿母为汝求[27]。
便可速遣之，遣去慎莫留！”
府吏长跪告：“伏惟[28]启阿母，
今若遣此妇，终老不复取！”
阿母得闻之，槌床[29]便大怒：
“小子无所畏，何敢助妇语！
吾已失恩义，会[30]不相从许！”

府吏默无声，再拜还入户，
举言谓新妇[31]，哽咽不能语：

“我自不驱卿[32]，逼迫有阿母。
卿但暂还家，吾今且报府[33]。
不久当归还，还必相迎取。
以此下心意[34]，慎勿违吾语。”
新妇谓府吏：“勿复重纷纭[35]。
往昔初阳[36]岁，谢[37]家来贵门。
奉事循公姥[38]，进止[39]敢自专？
昼夜勤作息[40]，伶俜萦苦辛[41]。
谓言[42]无罪过，供养卒[43]大恩；
仍更被驱遣，何言复来还！
妾有绣腰襦，葳蕤[44]自生光；
红罗复斗帐[45]，四角垂香囊；
箱帘[46]六七十，绿碧青丝绳，
物物各自异，种种在其中。
人贱物亦鄙，不足迎后人[47]，
留待作遗施[48]，于今无会因[49]。
时时为安慰，久久莫相忘！”

鸡鸣外欲曙，新妇起严妆[50]。
著我绣夹裙，事事四五通[51]。

足下蹑[52]丝履，头上玳瑁光[53]。

腰若流纨素[54]，耳著明月珰[55]。

指如削葱根，口如含朱丹[56]。

纤纤作细步，精妙世无双。

上堂拜阿母，阿母怒不止。

“昔作女儿时，生小出野里[57]，

本自无教训，兼愧贵家子。

受母钱帛[58]多，不堪[59]母驱使。

今日还家去，念母劳家里。”

却[60]与小姑别，泪落连珠子。

“新妇初来时，小姑始扶床；

今日被驱遣，小姑如我长。

勤心养公姥，好自相扶将[61]。

初七及下九[62]，嬉戏莫相忘。”

出门登车去，涕落百余行。

府吏马在前，新妇车在后，

隐隐何甸甸[63]，俱会大道口。

下马入车中，低头共耳语：

“誓不相隔[64]卿，且暂还家去；

吾今且赴府，不久当还归，誓天不相负！”
新妇谓府吏：“感君区区[65]怀！
君既若见录[66]，不久望君来。
君当作磐石，妾当作蒲苇[67]，
蒲苇纫[68]如丝，磐石无转移。
我有亲父兄[69]，性行暴如雷，
恐不任我意，逆以煎我怀[70]。”
举手长劳劳[71]，二情同依依。

入门上家堂，进退无颜仪[72]。
阿母大拊掌[73]：“不图[74]子自归！
十三教汝织，十四能裁衣，
十五弹箜篌，十六知礼仪，
十七遣汝嫁，谓言无誓违[75]。
汝今何罪过，不迎而自归？”
兰芝惭[76]阿母：“儿实无罪过。”
阿母大悲摧[77]。

还家十余日，县令遣媒来。
云有第三郎，窈窕[78]世无双，

年始[79]十八九，便言多令才[80]。
阿母谓阿女："汝可去应之。"
阿女含泪答："兰芝初还时，
府吏见丁宁[81]，结誓不别离。
今日违情义，恐此事非奇[82]。
自可断来信[83]，徐徐更谓之[84]。"
阿母白媒人："贫贱有此女，
始适[85]还家门。不堪吏人妇，
岂合令郎君？幸可广问讯[86]，
不得便相许。"

媒人去数日，寻遣丞请还[87]，
说有兰家女[88]，承籍有宦官[89]。
云有第五郎，娇逸[90]未有婚。
遣丞为媒人，主簿[91]通语言。
直说太守家，有此令郎君，
既欲结大义[92]，故遣来贵门。
阿母谢媒人："女子先有誓，
老姥[93]岂敢言！"阿兄得闻之，
怅然心中烦，举言谓阿妹：

“作计何不量[94]！先嫁得府吏，
后嫁得郎君，否泰[95]如天地，
足以荣汝身。不嫁义郎[96]体，
其往欲何云？”兰芝仰头答：
“理实如兄言。谢家[97]事夫婿，
中道[98]还兄门。处分适兄意[99]，
那得自任专！虽与府吏要[100]，
渠[101]会永无缘。登即[102]相许和，
便可作婚姻。”媒人下床去，
诺诺复尔尔[103]。还部白府君[104]：
“下官奉使命，言谈大有缘。”
府君得闻之，心中大欢喜。
视历复开书[105]，便利[106]此月内，
六合[107]正相应。良吉[108]三十日，
今已二十七，卿可去成婚。
交语速装束[109]，络绎如浮云。
青雀白鹄舫[110]，四角龙子幡[111]，
婀娜随风转。金车玉作轮[112]，
踯躅青骢马[113]，流苏[114]金镂鞍。
赍[115]钱三百万，皆用青丝穿。

杂彩[116]三百匹，交广市鲑珍[117]。
从人四五百，郁郁[118]登郡门。

阿母谓阿女："适[119]得府君书，
明日来迎汝。何不作衣裳？
莫令事不举[120]！"阿女默无声，
手巾掩口啼，泪落便如泻。
移我琉璃榻[121]，出置前窗下。
左手执刀尺，右手执绫罗。
朝成绣夹裙，晚成单罗衫。
晻晻日欲暝[122]，愁思出门啼。

府吏闻此变，因求假暂归。
未至二三里，摧藏[123]马悲哀。
新妇识马声，蹑履相逢迎。
怅然遥相望，知是故人来。
举手拍马鞍，嗟叹使心伤：
"自君别我后，人事不可量[124]。
果不如先愿，又非君所详。
我有亲父母[125]，逼迫兼弟兄，

以我应[126]他人，君还何所望！”
府吏谓新妇：“贺卿得高迁！
磐石方且厚，可以卒[127]千年；
蒲苇一时纫，便作旦夕间。
卿当日胜贵[128]，吾独向黄泉！”
新妇谓府吏：“何意出此言！
同是被逼迫，君尔妾亦然[129]。
黄泉下相见，勿违今日言！”
执手分道去，各各还家门。
生人作死别，恨恨那可论？
念与世间辞，千万不复全[130]！

府吏还家去，上堂拜阿母：
“今日大风寒，寒风摧树木，
严霜结庭兰[131]。儿今日冥冥[132]，
令母在后单[133]。故作不良计[134]，
勿复怨鬼神！命如南山石[135]，
四体康且直[136]！”阿母得闻之，
零泪应声落：“汝是大家子，
仕宦于台阁[137]。慎勿为妇死，

贵贱情何薄[138]！东家有贤女，
窈窕艳城郭[139]，阿母为汝求，
便复在旦夕。”府吏再拜还，
长叹空房中，作计乃尔立[140]。
转头向户里，渐见愁煎迫。

其日牛马嘶，新妇入青庐[141]。
奄奄黄昏后[142]，寂寂人定初[143]。
“我命绝今日，魂去尸长留！”
揽裙脱丝履，举身赴清池。
府吏闻此事，心知长别离。
徘徊庭树下，自挂东南枝。

两家求合葬，合葬华山傍[144]。
东西植松柏，左右种梧桐。
枝枝相覆盖，叶叶相交通[145]。
中有双飞鸟，自名为鸳鸯，
仰头相向鸣，夜夜达五更。
行人驻足听，寡妇起彷徨。
多谢后世人[146]，戒之慎勿忘！

①建安：汉献帝刘协年号（196—220）。

②遣：休弃。

③缢：吊死。

④伤之：哀悼他们。

⑤箜篌（kōnghóu）：古时一种弹拨用的弦乐器。

⑥诗书：《诗经》和《尚书》。这里泛指一般经书。

⑦节：节操。这里指做小官员的基本品德。

⑧机：织布机。

⑨断：裁断，指织完一匹布后裁断。

⑩大人：长辈，这里指婆婆。故：仍旧。

⑪施：作为，用场。

⑫白：禀告。公姥（mǔ）：本指公公和婆婆，这里专指婆婆。

⑬启：禀告。

⑭薄禄相：没有做高官、享厚禄的福相。这是古人的迷信说法。

⑮结发：古时候男子二十岁，女子十五岁时把头发在头顶盘成发髻，算是成年，可以结婚了。

⑯黄泉：地下，指死后。

⑰共事：共同生活。

⑱始尔：刚开始。尔，语气助词。

⑲行：行为，品行。

⑳何意：何故。致：招致。厚：看重，喜爱。

㉑区区：愚拙。

㉒自专由：任性，自作主张。

㉓忿（fèn）：愤恨，恼怒。

㉔自由：自作主张。

㉕秦罗敷：古时美女的代称。

㉖可怜：可爱。体：姿态，身材。

㉗求：指求婚。

㉘伏惟：下级对上级或晚辈对长辈说话表示恭敬的习惯用语。

㉙床：古代坐具。

㉚会：定当，一定。

㉛举言：开口说话。新妇：对结婚不久的妻子或媳妇的称呼，这里指兰芝。

㉜卿：你。这是丈夫对妻子的爱称。

㉝报府：赴官府办事。报，赴。

㉞下心意：忍气吞声，受委屈。

㉟勿复重（chóng）纷纭：不必再提接回来的话。

㊱初阳：指冬至以后、立春以前的一段时间。

㊲谢：告别。

㊳奉事：做事。循：依从。公姥：公公婆婆。此处为偏义复词，偏指婆婆。

㊴进止：进退举止，行为。

㊵作息：偏义复词，意在“作”，劳作。

㊶伶俜（pīng）：孤单的样子。萦（yíng）苦辛：为辛苦所缠绕，这里指受尽辛苦折磨。萦，缠绕。

㊷谓言：总认为。

㊸卒：尽，这里指尽心报答。

㊹葳蕤（wēiruí）：原指枝叶繁茂，这里形容衣服上的花纹鲜艳。

㊺复斗帐：双层帐子。斗帐：像倒置的斗一样的方形帐子。

㊻帘：同"奁"（lián），女子梳妆用的镜匣。

㊼后人：指焦仲卿日后再娶的妻子。

㊽遗（wèi）施：赠送。

㊾会因：见面的机会。

㊿严妆：盛妆，仔细地梳妆打扮。

51通（tòng）：遍。

52蹑：脚上穿着。

53玳瑁光：用玳瑁的甲片制成的闪闪发光的首饰。

54若：像。流纨素：形容腰肢柔软俏美。纨素，洁白的绸子。

55明月珰（dāng）：夜明珠制成的耳坠。

56葱根：葱白。朱丹：朱砂。

57生小出野里：从小生活在乡间。这里自谦没受过什么教诲。

58钱帛：指婆家送的聘礼。

59不堪：不能胜任。

60却：退出来，指从堂上拜别婆婆出来。

61相扶将：服侍她，照顾她。相，用在动词前，表示动作行为的单向，可据具体语境译为"我""你""他（她）"，后文多有类似用法。

62初七：农历七月初七。古时这一天晚上妇女要祭祀织女，做乞巧的游戏。下九：古时每月的二十九为上九，初九为中九，十九为下九。下九日妇女聚会游戏，叫阳会。古人以奇数为阳数，九是最大的阳数。

⑥③隐隐、甸甸：都是模拟车声。何：何等，多么。

⑥④隔：隔离，绝。

⑥⑤区区：真挚专一的意思，不同于上文“何乃太区区”的“区区”。

⑥⑥见录：记挂我。见，用在动词前，表示对自己怎么样，可译为“我”，下文“见丁宁”亦同。录，记挂。

⑥⑦蒲苇：香蒲和芦苇，都是水草。

⑥⑧纫：同“韧”，柔韧。

⑥⑨父兄：偏义复词，这里指兄。

⑦⓪逆：逆料，想到将来。煎我怀：使我心痛苦如煎熬一般。

⑦①劳劳：惆怅忧伤的样子。

⑦②无颜仪：没脸面。

⑦③拊（fǔ）掌：拍手，表示惊异。

⑦④不图：没有料到。

⑦⑤无誓违：不违背规矩，没有过失。

⑦⑥惭：惭愧。

⑦⑦悲摧：悲痛。

⑦⑧窈窕：美好。

⑦⑨始：方才。

⑧⓪便言：口才好。令才：美好的才能。

㉛见丁宁：叮嘱我，嘱咐我。丁宁，即“叮咛”。

㉜非奇：不好，不宜。

㉝断：回绝。信：即使者，指媒人。

㉞徐徐：慢慢地。更：再。谓之：说这件事。

㉟适：出嫁。

㊱幸可广问讯：希望再去多方打听。

㊲寻：不久。丞：县丞，县令下属的官员。请：请婚。还：来。

㊳兰家女：一说指兰芝姑娘，另一说指某家姑娘。

㊴承籍：继承先人的仕籍。宦官：即官宦，做官的人家。

㊵娇逸：娇美文雅。

㊶主簿：掌管文书档案的官员。

㊷结大义：即结亲。

㊸老姥：老妇人。

㊹作计：打算。不量：不加考虑。

㊺否（pǐ）泰：坏运气与好运气。

㊻义郎：好郎君。

㊼谢家：离家出嫁。

㊽中道：中途。

㊾处分：安排、处置。适：顺从。

⑩⑩要（yāo）：相约。

⑩①渠：他。

⑩②登即：当即，立刻。

⑩③诺诺：答应的声音。尔尔：如此，这样。

⑩④部：衙门。府君：即太守。

⑩⑤视历复开书：反复翻看历书。

⑩⑥便利：吉利。

⑩⑦六合：古时迷信说法，选择吉日良辰，要年、月、日的干支都相合，这叫“六合”。

⑩⑧良吉：良辰吉日。

⑩⑨交语：传话。装束：本指整理行装，这里指准备婚礼所需的东西。

⑪⓪青雀、白鹄：指船头上画的图画。舫：船。

⑪①龙子幡：上面有龙的图案的旗帜。幡，旗帜。

⑪②金车：装饰着金的车。玉作轮：指车轮上装饰着玉。

⑪③青骢（cōng）马：毛色青白夹杂的马。

⑪④流苏：用羽毛或织物做成的穗子。

⑪⑤赍（jī）：赠送。

⑪⑥杂彩：各色丝绸。

⑪⑦交广市鲑（xié）珍：从交州、广州（今两广一带）等处购买山珍海味。市，买。鲑，鱼类菜肴的总称。珍，美味。

⑪⑧郁郁：繁盛的样子。

⑪⑨适：刚才。

⑫⓪举：成，成功。

⑫①琉璃榻：嵌有琉璃的坐具。

⑫②晻（yǎn）晻：日落昏暗的样子。暝：日暮。

⑫③摧藏（zàng）：即“摧脏”，摧折心脏，形容极度悲伤。一说，

摧藏就是"凄怆"。

⑫④量：预料。

⑫⑤父母：偏义复词，这里指母。下句"弟兄"，指兄。

⑫⑥应：应许，许配。

⑫⑦卒：尽，一直到。

⑫⑧日胜贵：一天比一天富贵。

⑫⑨尔：如此。然：这样。

⑬⓪生人作死别，恨恨那可论？念与世间辞，千万不复全：这是作者叙述的话。

⑬①严霜：厚厚的霜。庭兰：院子里的兰草。

⑬②日冥冥：太阳落山，这里比喻生命终结。

⑬③单：孤单。

⑬④故：有意。不良计：不好的打算，指自杀。

⑬⑤命：寿命。南山石：比喻强健。

⑬⑥四体：四肢。康且直：健康。这两句是焦仲卿对母亲的祝福。

⑬⑦台阁：古时中央官署尚书台，这里泛指官府。

⑬⑧贵贱：指焦仲卿出身高贵而兰芝低贱。情何薄：休弃（离婚）怎么算是薄情呢！

⑬⑨艳城郭：城里城外数她最漂亮。

⑭⓪乃尔：就这样。立：决定，指打算自杀。

⑭①青庐：用青布搭成的帐篷，举行婚礼用，东汉至唐有这种风俗。

⑭②奄奄：昏暗不明的样子。黄昏：十二时辰之一，是戌时（相当于现在的19时至21时），这里指天黑以后。

⑭③人定：十二时辰之一，是亥时（相当于现在的21时至23时），这里指夜深人静的时候。

⑭④华山：指庐江境内的一座小山。傍（páng）：旁边。

⑭⑤交通：交错相连。

⑭⑥多谢：再三劝告。谢，劝告，告诫。

扫一扫，静静聆听

参考译文

东汉末建安年间，庐江太守衙门里的小官吏焦仲卿的妻子刘兰芝被焦仲卿的母亲赶回娘家，她（回娘家后）发誓不再嫁人。她的娘家逼迫她改嫁，她便投水自尽而死。焦仲卿听到后，在（自家）庭院的树上自缢而死。当时的人哀悼他们，写下这首诗记述这件事。

孔雀鸟向东南方向飞去，飞上五里便徘徊一阵。“（我）十三岁能织精美的白绢，十四岁学会了裁剪衣裳，十五岁学会了弹箜篌，十六岁能诵读诗书。十七岁做了你的妻子，心中常常感到痛苦、悲伤。你既然做了太守府的小官吏，遵守官府的规则，专心不移。我一个人留在空房里，我们见面的日子实在少得很。鸡一鸣啼，我就上机织作，每天晚上都不得休息。三天就织成绢五匹，婆婆仍然嫌我织得慢。并不是因为我织得慢，（而是）你家的媳妇难做啊！我既然担当不了使唤，白白留着也没有什么用。

现在就可以去禀告婆婆，趁早把我遣送回娘家。”

焦仲卿听了这般诉说后，到堂上去禀告母亲：“孩儿已经没有做高官、享厚禄的貌相，幸亏还能娶到这个（贤惠能干）的妻子，结婚后相亲相爱地生活，（并约定）死后在地下也要相依为伴侣。相处在一起不过二三年，（生活）才开始，还不算很久，这个女子的行为并没有什么不正当，怎么会令母亲不满意呢？”焦母对仲卿说：“（你）怎么这样没见识！这个女子不讲礼节，一举一动全凭自己的意思。我早就憋了一肚子气，你怎么可以自作主张！邻居有个贤惠的女子，名字叫罗敷，姿态可爱无比，母亲替你去提亲。（你）就赶快休掉刘兰芝，打发她走，千万不要挽留她！”焦仲卿跪直身子禀告：“孩儿恭敬禀告母亲，现在假如休掉这个女子，我一辈子就不再娶妻！”焦母听了儿子的话，敲着坐具大发脾气（骂道）：“你这小儿无所畏惧，怎敢帮你媳妇说话！我对她已经没有恩情，是不会答应你的！”

焦仲卿默不作声，对母亲拜了两拜，回到自己房里，张嘴对妻子说话，却哭得话不成句："本来我不愿赶你走，但有母亲逼迫着。你暂时回娘家去。我现在回太守府里办事，不久我一定去迎接你回来。你就受点委屈吧，千万不要违背我说的。"刘兰芝对焦仲卿说："不要再白费口舌了！记得那一年冬末，我辞别娘家嫁到你家，侍奉时总是顺从婆婆的意旨，一举一动哪敢自作主张？白天黑夜勤恳劳作，我孤孤单单受尽辛苦折磨，总以为没有过错，终身侍奉婆婆。（我）到底还是被赶走，哪里还说得上再回到你家来？我有绣花的齐腰短袄，上面美丽的刺绣发出光彩，红色罗纱做的双层斗帐，四角挂着香袋，盛衣物的箱子六七十个，箱子上都用碧绿色的丝绳捆扎着。样样东西各自不相同，种种物件都存放在那箱匣里。我人低贱，东西也不值钱，不配拿去迎接你日后再娶的妻子，留着作为我赠送（给你）的纪念品吧，从此没有再见面的机会了。时时把这些东西当作安慰吧，（希望你）永远不要忘记我。"

鸡鸣啼，天将亮，刘兰芝起床打扮得整整齐齐。穿上绣花夹裙，每穿戴一件衣饰，都要更换好几遍。

脚下穿着丝鞋，头上戴着闪闪发光的玳瑁首饰，腰上束着白绢腰带，光彩像水波一样流动；耳朵戴着用明月珠做的耳坠，手指纤细白嫩像削尖的葱根；嘴唇红润像含着红色朱砂，轻盈地踏着细步，精巧美丽，真是世上没有第二个。刘兰芝走上厅堂拜别婆婆，婆婆的怒气仍未平息。（兰芝说:）“从前我做女儿时，从小生长在乡间，本来就没受过什么好的教养，同您家少爷结婚，更感到惭愧。接受婆婆送的钱财礼品很多，却不能承担婆婆的使唤。今天我就回娘家去，只是记挂婆婆在家里辛苦操劳。”退出厅堂再与小姑告别，泪水涟涟。（兰芝对小姑说:）“我初来你家时，小姑你刚能扶着坐具学走路；今天我被赶走，小姑你长得和我一样高了。希望你尽心奉养婆婆，服侍她老人家，初七和十九，在嬉戏玩耍的时候不要忘记我。”（兰芝说完,）出门登车离去，眼泪簌簌落下。

焦仲卿的马走在前面，刘兰芝的车行在后面，车子发出隐隐甸甸的响声，一起会合在大路口。焦仲卿下马坐入刘兰芝的车中，两人低头凑耳低声说话。(焦仲卿说):“我发誓不与你断绝关系，你回娘家去，我暂且去庐江太守府（办事），不久一定会回来，我对天发誓，决不会对不起你。”刘兰芝对焦仲卿说：“感谢你忠诚相爱的心愿！你既然这样记着我，盼望你不久就能来接我。你一定要像磐石般坚定，我一定会像蒲草和芦苇般坚韧。蒲草和芦苇柔软结实得像丝一样，磐石不容易被转移。我有一个亲哥哥，性情行为暴躁如雷，恐怕不会遂我意愿，只会使我烦忧。”接着举手告别，惆怅不止，两人恋恋不舍。

兰芝进了家门，来到内堂，进退都觉得没有脸面。刘母（看见兰芝回来）大为惊讶，说：“没想到你自己回来了！十三岁就教你纺织，十四岁就能裁剪衣裳，十五岁会弹箜篌，十六岁懂得礼节，十七岁送你出嫁，总以为你不会有什么过失。你现在究竟有什么过错，没有人迎接你就自己回来了？”兰芝惭愧地对母亲说：“女儿实在没有什么过错。”母亲听后非常悲伤。

（兰芝）回家才十多天，县令派了媒人上门来。（媒人）说，县令家有个三公子，人长得漂亮文雅，世上无双，年龄只有十八九岁，口才很好，又非常能干。

刘母对女儿说："你可以去答应他。"女儿含着眼泪回答说："兰芝回来时，焦仲卿再三嘱咐我，立下誓言，永不分离。今天违背情义，恐怕这样做不合适。您回绝前来说媒的人，（以后）慢慢再讲这件事吧。"刘母告诉媒人说："（我们）贫贱人家，有了这个女儿，她刚出嫁不久就被休回娘家。（她）不能做府吏的妻子，怎么配得上县太爷的公子？希望您多方面打听（再访求别的女子），请原谅我不能就答应您。"

县令的媒人走了几天后，被派到太守那里请示事情的县丞回来了。县丞对县令说："有兰家的女儿，是世代官宦人家，（您可为公子求娶。）太守家第五子潇洒俊逸，尚未婚配，太守委托我做媒向刘家求婚，这个委托是主簿向我传达的。"于是县丞来到刘家，开门见山地对刘母说："太守家有一个好公子，想和你家结为亲家，所以派我到你府上来说媒。"刘母谢绝媒人说："女儿先前有过誓言，老妇我怎么敢（对她）说再嫁这件事呢？"兰芝哥哥听到太守求婚被拒，心中烦躁不安，开口对妹妹说："你作这样打算怎么不好好考虑！前次出嫁得到一个小官吏，这次出嫁得到一个贵公子，运气好坏有天壤之别，（好运气）足够使你终身荣耀富贵，不嫁给这样仁义的公子，往后你打算怎么办？"兰芝抬头回答道："道理确实如哥哥所说，我辞别娘家去侍奉丈夫，半中间回到哥哥家里。怎样处理，完全照哥哥的主意吧，哪敢自己随便做主呢？虽然我与府吏立下誓约，但与他永远没有机会见面了。立刻答应这门亲事吧，就可以结成婚姻。"太守的媒人从座位上起来连声说："是，就这样办，就这样办。"他回到郡府报告太守说："我接受您交给的使命，到刘家去做媒，公子很有缘分，说媒很成功。"太守听了这些话，心里非常欢喜，反复察看历书，告诉县丞："婚期定在这个月内就很吉利，年、月、日的干支都相适合，好日子就在三十这一天，今天已经是二十七了，你赶快去刘家订好结婚日期。”太守府内大家互相传话说：“赶快筹办婚礼吧!”（赶办婚礼的人）像天上的浮云一样来来往往连接不断。装载婚礼物品的船绘有青雀和白天鹅的图案，四角挂着绣有龙的旗幡，轻轻地随风飘荡。金色的车子以白玉镶车轮，缓步前行的青骢马，套有四周垂着彩缨、下面刻着金饰的马鞍。赠送的聘金有三百万，都用青色的丝线穿着；各色绸缎有三百匹；还有从交州、广州采购来的山珍海味。跟从的人有四五百，热热闹闹来到庐江郡府门。

阿母对女儿说：“刚才接到太守的信，明天来迎接你，为什么还不做衣裳？不要让婚事办不起来!”兰芝默不作声，用手巾捂着嘴哭泣，眼泪就像水一样倾泻。移动琉璃榻，搬出来放在前面窗子下。左手拿着剪刀和尺子，右手拿着绫罗绸缎（动手做衣裳）。早晨就做成了绣花的夹裙，晚上做成了单罗衫。天阴沉沉地快要黑了，兰芝满怀心思，走出门去痛哭。

焦仲卿听说有此变故，于是请假回来，离兰芝家还有二三里的地方，人伤心，马也哀鸣。兰芝熟悉府吏的马叫声，轻步快跑前去迎接，悲伤失意地望着，知道仲卿来了。她举起手抚摸着马鞍，哀声长叹令人心碎。她说："自从你离开我以后，人事的变化真料想不到啊！果然没有像以前想象的那么好，有很多的事情你又不了解。我有亲生母亲，逼迫我的还有亲哥哥，硬把我许配给别人，你回来有什么指望的地方呢！"焦仲卿对兰芝说："祝贺你得到高升！我这块磐石方正又坚实，可以一直存放上千年，而蒲苇一时柔韧，就只能保持在早晚之间罢了。你将会一天天地富贵起来，我一个人独自走到地府去吧！"兰芝对焦仲卿说："哪里想到（你会）说出这种话来！同是被逼迫，你是如此我也是这样，（我们）在地府下互相见面吧！（但愿）不要违背今天的誓言！"（他们）互相紧紧地握着手，然后告别离去，各自回到家里。活着的人却作临死的诀别，心里的愤恨哪里说得尽呢？想到（他们）将要永远离开人世，无论如何不能再保全（生命了）！

焦仲卿回到家，走上厅堂拜见母亲说：“今天风大又非常寒冷，寒风摧折了树木，院子里的白兰花上结满了浓霜。儿子现在就像快要落山的太阳一样，使得母亲今后很孤单。（我）是有意做这样不好的打算的，不要再去怨恨什么鬼神了！愿您的寿命像南山的石头一样长久，愿您的身体永远健康又舒顺！”焦母听到（儿子）这些话，泪流满面，说：“你是世家的子弟，又在官府任职，千万不要为了（一个）妇人去寻死，（你和她）贵贱不同，（休掉她）哪里就算薄情呢？东邻有个贤惠的女子，她的美丽在城内外是出名的，我替你去求婚，早晚就会有答复。”焦仲卿拜别母亲回房，长声叹息，自杀的打算就这样决定了。（他）把头转向兰芝住过的内房，（睹物生情，）越来越被悲痛煎熬逼迫。

（兰芝）结婚的这一天，牛马乱叫，刘兰芝走进为举行婚礼而搭的青布帐篷，暗沉沉的黄昏时分过后，到了静悄悄的人定时分，人们开始安歇了。（兰芝自言自语说：）“我的生命将在今天结束，灵魂要离开了，让这尸体长久地留在人间吧！”（于是）挽起裙子，脱去丝鞋，纵身跳进清水池里。焦仲卿听到刘兰芝投水自杀，心里知道（从此与刘兰芝）永远离别，于是就在庭院的树下徘徊一阵后，在向着东南的树枝上自缢而死。

焦刘两家要求合葬，把两人合葬在华山旁边。（在坟墓的）东西两旁种上松柏，左右两侧种上梧桐，（这些树）条条树枝互相覆盖，片片叶子互相连接。树中有一对飞鸟，它们的名字叫做鸳鸯，仰头相互对着鸣叫，每天夜里直叫到五更。走路的人停下脚步听，寡妇听见从床上起来，心里很不安定。多多劝告后世的人，把这件事作为教训，千万不要忘记啊！

赏析

此诗最早见于南朝徐陵所编的《玉台新咏》，题为《古诗为焦仲卿妻作》；郭茂倩的《乐府诗集》

收入“杂曲歌辞”，题为《焦仲卿妻》。今人往往取其首句，名之为《孔雀东南飞》。

全诗长达1700多字，不仅在汉乐府中篇幅最长，且在中国诗歌史上也极为罕见。从小序看，当是诗人在真人真事的生活原型上写成，诗歌通过汉末庐江郡小吏焦仲卿和妻子刘兰芝恋爱婚姻的悲剧，深刻揭露了封建礼教的罪恶，热情歌颂了青年男女忠于爱情、追求幸福美满婚姻的斗争精神。

《孔雀东南飞》的出现，代表着汉乐府的最高成就，标志着中国古典叙事诗的成熟：

其一，完整、紧凑的故事情节。按故事情节的发展，诗歌可分为三个部分。第一部分为故事的发生，兰芝被遣归，这其中又包含着请遣、求情、话别、辞归、密誓五个层次；第二部分为情节的展开，兰芝被逼改嫁，其中又有还家、谢媒、逼婚、催妆四层节脉；第三部分为情节的高潮和尾声，其中又分誓死、别母、双殉、合葬四折起伏。全诗环环相扣，波澜迭起，有头有尾，整个故事采用双线推进的方式，一条为兰芝、仲卿同封建家长的矛盾冲突，一条为兰芝、仲卿的坚贞爱情。两条主线交错发展，互相推进，前者直接导致了悲剧的结局，后者则以二人的殉情深化了反封建的主题。

其二，个性化的人物语言塑造了鲜明的人物形象。诗歌的绝大部分篇幅为人物对话，“淋淋漓漓，反反复复，杂述十数人口中语，而各肖其声音面目”（沈德潜《古诗源》），兰芝对仲卿、对焦母、对小姑、对兄长、对母亲讲话时的态度和语气各不相同，正是在这不同中令人感受到她那勤劳、善良、坚贞、备受压迫而又富于反抗的外柔内刚的个性；在焦仲卿各种不同场合的话语中，也可以感受到他心中始终交织着爱与孝的尖锐矛盾，虽不够果决，时有幻想，但最终坚定地以死捍卫爱情；另外，焦母的蛮横专断、刘兄的势利自私，也各自符合其身份、性格，如闻如见，正是典型的封建家长的口吻。

其三，比兴手法和浪漫主义手法的运用。诗篇开头，“孔雀东南飞，五里一徘徊”，用乐府民歌常见的双鸟分飞起兴，点明兰芝、仲卿二人感情坚贞、彼此眷恋，同时也暗示了故事的悲剧结局，从而奠定了全诗的感情基调。而末尾一段，以魂化鸳鸯的浪漫主义方式给读者一个团圆结局，不但象征着兰芝、仲卿爱情的不朽，昭示着人们对美好自由爱情的向往与追求，更鼓舞着人们为光明和幸福而斗争。

上山采蘼芜

无名氏

上山采蘼芜[1]，下山逢故夫[2]。
长跪问故夫："新人复何如？"
"新人虽言好，未若故人姝[3]。
颜色[4]类相似，手爪不相如。"
"新人从门入，故人从阁去。"
"新人工织缣[5]，故人工织素[6]。
织缣日一匹[7]，织素五丈余。
将缣来比素，新人不如故。"

①蘼（mí）芜：草名，又称"江蓠"，气味芳香，晒干后可制成

香料。

②故夫：前夫。

③姝：美好。

④颜色：专指面颜气色，这里泛指容貌。

⑤缣（jiān）：黄色细绢。

⑥素：白色细绢，品相高于缣，且价钱要比缣贵。

⑦匹：汉制，布帛长四丈、宽二尺二寸为一匹。

赏析

《上山采蘼芜》是汉代无名氏所作的一首反映婚变生活的古诗，叙述了一个令人深感悲凉的婚姻悲剧故事。

诗歌采用对话的方式揭示一对离异夫妇的心理状态和各自感受。从故夫悔恨而无奈的话语来看，他依然对前妻充满着眷恋之情，这令人一下子想起《孔雀东南飞》中的焦仲卿。那么，这个故夫是否也是由于封建家长的粗暴干涉而被迫休妻呢？诗歌没有提及当初离异的原因，具体如何，不得而知。但前妻此刻的“长跪”而问时流露的爱怨交织、故夫忆及休妻再娶时心情的沉重与痛苦，分明含蓄地道出二人之间的感情原本真挚亲厚，这就让我们更倾向于相信，“大约造成这一悲剧的主要原因不在故夫，或者竟如《孔雀东南飞》所反映的那样，是由于家长的迫害”（褚斌杰《中国文学史纲要》）。

诗歌构思极为精巧，匠心独运。古诗中描写弃妇题材的叙事诗，如《氓》《谷风》《孔雀东南飞》等，都详细地铺叙女主人公被弃的经过，再现悲剧的全过程，此诗则一反常规，只截取昔日夫妻意外相逢这一极普通、极简单的生活小场景，寥寥数语便再现了人物的心理、性格，塑造了生动鲜明的艺术形象，让人从一滴水里见世界，领略到诗中所揭示的婚姻悲剧的深刻的社会意义，收到了以小见大的艺术效果。

同时，诗中对比、双关的手法也颇令人称道。“新人工织缣，故人工织素。织缣日一匹，织素五丈余。将缣来比素，新人不如故。”这里表面上是说新妇较之前妻“手爪不相如”，比的是两人的手艺，实则另有喻指：在故夫的心里，新妇如“缣”，前妻如

“素”，这就表明，前妻不但容貌美丽、性格温婉，而且勤劳能干，其无端被弃，或许正与《孔雀东南飞》中的刘兰芝如出一辙。另外，截取生活的横断面往往时空高度集中，而此时又巧妙地以故夫之口将新人与前妻作比较，不仅弃妇过去的生活情况、个人品行全然呈现，而且连新人目前的生活境遇及日后命运，也可想见。此种处理，不仅开拓了故事的时空维度，也拓展了作品的容量。

18. 西洲曲

无名氏

忆梅下西洲[①]，折梅寄江北。
单衫杏子红，双鬓鸦雏色[②]。
西洲在何处？两桨桥头渡。

日暮伯劳[③]飞，风吹乌臼树[④]。
树下即门前，门中露翠钿[⑤]。
开门郎不至，出门采红莲。

采莲南塘秋，莲花过人头。
低头弄莲子，莲子青如水[⑥]。
置莲怀袖中，莲心彻底红[⑦]。
忆郎郎不至，仰首望飞鸿。

鸿飞满西洲，望郎上青楼[⑧]。
楼高望不见，尽日栏杆头。

栏杆十二曲，垂手明如玉[9]。

卷帘天自高，海水[10]摇空绿。
海水梦悠悠，君愁我亦愁。
南风知我意，吹梦到西洲。

---

①下：往。一说，飘落。西洲：地名，不详。

②鸦雏色：像小乌鸦羽毛一样的颜色，言其乌黑发亮。

③伯劳：鸟名，仲夏始鸣，好单栖。这里一则用来表明仲夏季节，二则暗喻女子孤单的处境。

④乌臼树：亦作乌桕，落叶乔木，高约二丈，夏季开黄花。

⑤翠钿（diàn）：用翠玉镶嵌的首饰。

⑥莲子：与“怜子”谐音，即爱你。青如水：隐喻爱情的纯洁。

⑦莲心：与“怜心”谐音，即爱怜之心。彻底红：隐喻爱怜之深透。

⑧青楼：以青色涂饰的楼，古时女子住处的通称。

⑨垂手：扶着栏杆的手。明如玉：形容手洁白光润如玉。

⑩海水：指浩渺如海的长江之水。一说比喻秋天碧空如洗。

扫一扫，静静聆听

参考译文

回忆起梅花和那人，便很想前往西洲，去折下梅花寄往长江北岸。穿着杏红的单衫，鬓发像乌鸦羽毛般乌黑油亮。西洲在哪里？划动双桨到达桥头的渡口便是。

暮色四合，伯劳飞向栖息之处，柔柔的晚风吹拂着乌柏树。树下掩映着家门，门里露出翠绿的钗钿。打开门没看到心上人，便出门去采红莲。

在秋天的南塘里摘着莲子，莲花长得比人还高。低下头拨弄莲子，莲子像水一样清。把莲子置于怀、藏于袖，那莲心红得彻底。思念郎君啊，郎君却未归来，只好抬头望向天上的鸿雁。

雁儿飞过西洲的天空，登上高楼遥望郎君。楼台虽高却望不到郎君，于是整日倚栏远眺。栏杆曲曲折折弯向远处，扶着栏杆的双手明润如玉。

卷起珠帘，秋日的天空分外高远，浩渺碧绿的江水兀自荡漾。梦境如江水般荡荡悠悠，梦中的你和我一样相思多愁。南风若是知道我的情意，请把我的梦吹到西洲。

赏析

《西洲曲》这首长篇抒情诗，是以一江南少女的口吻，抒发她对江北情郎的四季相思，《乐府诗集》收录，归入“杂曲歌辞”。

《西洲曲》艺术造诣自然高妙，堪称绝唱，代表了南朝乐府的最高成就：

其一，构思巧妙，深具中国古典诗歌回环宛转之美。时间上，从冬至春，从夏到秋，兼以日日夜夜，日日相思，四季相思，终年岁之轮回；空间上，西洲、门前、南塘、高楼、天空、海水，无处不在。尤值一提的是，诗歌起于西洲，终于西洲，环形圆合，且开篇是实往，结句是梦到，虚实相生，妙不可言。

其二，以人物和景物的细节写相思，委婉而有深致。梅花忆寄，伯劳引思，莲子象征纯洁的爱情，远眺寄托怀念的真挚，末尾更是寄情于梦，如此，相思之情层层加深；而“折梅”“单衫”“采莲”“飞鸿”等贯穿全诗，暗示季节特征，时序变化了然。

其三，水乡风光的出色烘染。“两桨桥头渡”的江边，“日暮伯劳飞，风吹乌臼树”的村居，“采莲南塘秋，莲花过人头”的荷塘，“鸿飞满西洲”的江渚，“卷帘天自高，海水摇空绿”的天高秋水，勾勒出一幅幅江南风光图，清新如画，这图画般的江南风光又与女主人公的温婉、灵秀、深情、真挚高度契合，相思绵邈，婉约清丽，令人折服。

其四，铺陈之外，多有比兴、顶针、双关的运用，使得诗歌或绵密细腻，或形象生动，或声律和谐，或委婉含蓄，手法娴熟自然，极具表现力，让人叹为观止。

子夜四时歌（七十五首选四）

无名氏

春歌（其十）

春林花多媚，春鸟意多哀①。

春风复多情，吹我罗裳开。

夏歌（其十四）

青荷盖渌水②，芙蓉葩③红鲜。

郎见欲采我，我心欲怀莲。

秋歌（其十六）

白露朝夕生④，秋风凄长夜。

忆郎须寒服，乘月捣白素⑤。

冬歌（其一）

渊冰[6]厚三尺，素雪覆千里。

我心如松柏，君情复何似？

---

①意多哀：指鸟声宛转动听。

②渌（lù）水：清澈的水。

③葩：花未完全开放称“葩”，这里用作动词，有“开”的意思。

④生：滋生。这里指秋天早晚寒意逼人之紧。

⑤捣：用棍棒的一端撞击。白素：白色的生丝织品。因其质地较硬，需捣之使之变软，方可制衣，称“捣衣”。

⑥渊冰：深渊所结的冰。

赏析

《子夜四时歌》为南朝乐府民歌，收录在郭茂倩所编《乐府诗集》中，属“清商曲辞”，相传是晋代一名叫子夜的女子创作，多写哀怨或眷恋之情。

同样写四季相思，《西洲曲》以长篇铺叙，娓娓道来；《子夜四时歌》则以大型组诗的形式，多方描写。《子夜四时歌》现存七十五首，其中春歌二十首，常见被春风鼓荡起来的多情；夏歌二十首，尽是莲塘采莲的嬉戏与收获；秋歌十八首，多写秋风唱和明月的相思；冬歌十七首，则用冰雪考验爱情。

《春歌》（其十）写春林、春花、春鸟、春风，无一不在写人。春天是多情的季节，由于春风的撩拨，鸟开始歌唱，人开始骚动，少女也脉脉含情。春风“吹我罗裳开”，开的不仅是罗裳，还有情窦。诗歌含蓄而直率，体现了南朝民歌中至美的人性。

《夏歌》（其十四）首二句写荷花，实则以花拟人，一个出水芙蓉般清新活泼的可爱少女形象如在眼前；末二句则是少女的内心独白：我是如此的可爱，郎见了想采摘，但郎是否知道，我的内心也蕴藏着对你的深深爱意呢？此处两个“欲”字，是水乡男女青年爱情的告白书。

《秋歌》（其十六）写秋思。全诗由白露而知秋，由秋风而知寒，由知寒而相思，由相思而捣白素，层层相扣。思妇在月夜惦念远行在外的丈夫，想起他需要御寒的衣服，便乘着月色捣衣。思念悠悠，捣杵声声，白露、白素、白皙的脸庞和纤纤素手，都统一在无边的银白月光之下，这是一幅多么美丽动人的画面！

《冬歌》（其一）唱的是女子对爱情的坚贞，也道出了她的忧虑。首二句再现了一个“千里冰封，万里雪飘”的银装素裹的世界，直接为第三句“我心如松柏”铺陈，由此不仅表白自己对爱情的态度，更为男子树立一种榜样让男子自省，因而末句便水到渠成地问道：“君情复何似?”诗歌有问无答，戛然而止，显得情韵不尽，余音不绝。

19. 董娇饶[1]

［东汉］宋子侯

洛阳城东路，桃李生路旁。
花花自相对，叶叶自相当[2]。

春风东北起，花叶正低昂[3]。
不知谁家子，提笼行采桑。

纤手折其枝，花落何飘扬[4]！
请谢彼姝子[5]，“何为见损伤[6]？”

“高秋八九月，白露变为霜。
终年会飘堕，安得久馨香？”

“秋时自零落，春月复芬芳。
何时盛年去[7]，欢爱永相忘。”

吾欲竟此曲[8]，此曲愁人肠。

归来酌[9]美酒，挟瑟[10]上高堂。

---

①董娇饶：东汉时著名歌妓，后来代指美女。

②当：与上句的“对”同义，对称，相称。

③低昂：或低伏，或高昂，形容花枝被风吹得上下摇摆的样子。

④飘扬：飘散飞扬，指花落缤纷之貌。

⑤请谢：请问。姝子：年轻貌美的女子。

⑥何为：为什么。见损伤：损伤我。见，用于动词前，表示对自己怎么样。

⑦何时：一作“何如”。盛年：人的少壮时期，指青春大好的时候。

⑧竟此曲：把此曲唱完。竟，指乐曲终了。

⑨酌：把酒倒入酒杯里。

⑩瑟：古时一种弹拨的弦乐器。

扫一扫，静静聆听

洛阳城东的小路上，桃李生长在路的两旁。花团锦簇，枝叶繁密。

春风自东北而来，花叶也随风飘扬。远处不知来了谁家的女子，提着竹篮在采桑。

她用纤纤的细手攀折桃李的枝叶，树上的花也随之飘落。问一句美丽的女子：“为什么要损伤我们呢？”

“到了秋高八九月，白露成霜，天气寒冷的日子，你们这些花叶也自然会飘落，馨香怎能久留呢？”

“我们花叶秋时零落，来年春日尚可再吐芬芳；你们女子容华逝去、恩宠不再，就会被无情的男子相忘。”

我想唱完这首曲子，但此曲实在痛断人肠。干脆回去，在高堂斟饮美酒，鼓瑟放歌，暂时忘却这些愁绪吧！

赏析

宋子侯，东汉诗人，生卒年不详，其诗仅存《董娇饶》一首。

《董娇饶》通篇是整齐的五言句式，是文人向乐府民歌学习的一篇较为成功的作品，最早见于《玉台新咏》，《乐府诗集》也收录其中，属“杂曲歌辞”。

诗歌起首六句以生动活泼的笔调，描绘洛阳城东明丽鲜艳的春光：路旁桃李盛开，花团锦簇，枝叶繁密，在和煦的春风中飘扬。诗歌仅用“花叶正低昂”五字，就描绘出桃李在春风中起伏摇曳的情态，十分传神。接下来四句，笔锋一转，出现了一位采桑女攀折花枝，一时间花落缤纷。于是，自然引出了一段桃李与采桑女的对话，而此段对话正是诗歌主题之所在："何为见损伤?"一句是桃李对采桑女的指责，"高秋八九月"四句是说，你们桃李秋日终将凋落，现在的芳香难道能够持久？这是姑娘为自己折花行为的辩解，其言外之意是反正不免零落，又何必在乎我这小小的一点损伤呢？如此，竟是有些强词夺理、拒不悔改的意味。于是桃李自然讥诮：我们在秋天零落凋残不假，但下一个春天到来时，我们又将再吐芬芳，好过你们女子容华逝去、恩宠不再。此后，并未写采桑女的反应如何，但想来应是闻之心惊，怅然若失。这段对话，以花写人，颇具想象和浪漫奇思，又写得波澜起伏，且寓意深刻、含蓄蕴藉。结尾四句，转为作者的口吻，说此曲难尽，此愁难销，还是回去饮酒高堂，弹琴忘忧吧！字里行间，深深表达了对女子红颜薄命的忧虑和感伤。

自《诗经》以来，把女子比作花的诗篇很多，但写女子与花的对话，寓言式地表达人生短暂、红颜易逝的主题，此篇却是独创。

代悲白头翁

［唐］刘希夷

洛阳城东桃李花，飞来飞去落谁家？
洛阳女儿惜颜色，行逢落花长叹息。
今年花落颜色改，明年花开复谁在？
已见松柏摧为薪[①]，更闻桑田变成海[②]。
古人无复洛城东，今人还对落花风。
年年岁岁花相似，岁岁年年人不同。
寄言全盛红颜子，应怜半死白头翁。
此翁白头真可怜，伊昔[③]红颜美少年。
公子王孙芳树下，清歌妙舞落花前。
光禄池台文锦绣[④]，将军[⑤]楼阁画神仙。
一朝卧病无相识，三春[⑥]行乐在谁边？
宛转蛾眉[⑦]能几时？须臾鹤发[⑧]乱如丝。
但看古来歌舞地，唯有黄昏鸟雀悲。

①薪：柴薪，柴火。

②桑田变成海：比喻世事变迁很大。

③伊昔：从前。

④光禄：光禄勋。用东汉马援之子马防的典故。马防在汉章帝时拜光禄勋，生活很奢侈。这里代指公子王孙。文锦绣：指用锦绣等织物装饰池台。文，修饰，装饰。

⑤将军：用东汉贵戚梁冀的典故。梁翼曾为大将军，权倾一时，据史书记载，梁冀大兴土木，建造府宅。这里仍是代指公子王孙。

⑥三春：古人称孟春、仲春、季春为三春，后泛指春天。这里借指青春红颜。

⑦宛转蛾眉：本指女子所画眉形，此处代指青春美丽的容颜。宛转，轻而柔的起落；蛾眉，细而长的眉毛。

⑧鹤发：白发。

赏析

刘希夷（651—约679），字延之，一作庭芝，唐代汝州（今属河南）人。唐高宗上元间进士。通音律，善琵琶，诗以歌行体见长，内容多写闺情，情调感伤，风格柔婉华丽，代表作为《代悲白头翁》。

这首《代悲白头翁》为文人拟古乐府，《乐府诗集》收入“相和歌辞”，题作《白头吟》。全诗构思新颖，语言优美，音韵和谐，格调柔婉，充满感伤气息，在初唐即受推崇，历来传为名篇。

《白头吟》本是汉乐府旧题，古辞写女子毅然与负心男子决裂。刘希夷此诗从红颜女子写到白头老翁，慨叹人生苦短，青春易逝，荣华富贵无常。

诗的前半部分，明显化自宋子侯《董娇饶》，从洛阳女子感伤落花写起，也有由花及人想到的红颜易逝的感慨，但刘希夷此篇分明落实为名花无主、身无所托的少女寂寞，且进一步由花开花落想到松柏为薪、想到人世沧海桑田的巨变，思想情感逐渐变得深邃，较之《董娇饶》，立意更深，格调更高。前半部分的结句就势凝成“年年岁岁花相似，岁岁年年人不同”两句，无比准确地传达出时光无情、花事依旧、人事变迁这种万般无奈的情绪，“醒世”意味明显，为千古警策之句。

诗的后半部分，更是以白头老翁今昔境遇的对比，寄寓世事变迁、富贵无常的感慨，上下两部分内容由“寄言全盛红颜子，应怜半死白头翁”两句衔接过渡，由此也点明：红颜女子的今日何尝不是白头老翁的昨日，而白头老翁的今日难免不是红颜女子的来日！在这里，诗人择红颜女子和白头老翁这两个典型，分明道出的是男女老少共通的命运，诗人所思考的，分明是广泛意义上的人生意义！在诗人看来，人生既有红颜少年的全盛时代，也必有白头老翁的凄凉结局；既有轻歌曼舞、花团锦簇的富贵荣华，也有一朝卧病、无人识君的穷困潦倒。其言外之意，无外乎寄言世人，要珍惜时光，要珍视生命存在的价值，不可恣意挥霍，千万不要落个“但看古来歌舞地，唯有黄昏鸟雀悲”的凄凉晚景时才悔不当初！

20. 懊侬歌[1]（其三）

无名氏

江陵去扬州[2]，
三千三百里。
已行一千三，
所有二千在[3]。

---

①懊侬（náo）：懊恼。

②江陵：今湖北江陵县。扬州：州名，六朝时治所在建业（后改建康），即今江苏南京市。

③所有二千在：即“所在有二千”。在，存，剩。

扫一扫，静静聆听

参考译文

江陵距离扬州，有三千三百里。已经走了一千三百里，还剩两千里。

赏 析

《懊侬歌》，也写作《懊侬歌》《懊恼歌》，《乐府诗集》中属“清商曲辞”。从曲名看，《懊侬歌》当属怨歌，现存十四首。

《懊侬歌》（其三）是一首游子返乡恨路长的歌。诗歌内容极其浅显，不过是计算着三千三百里的行程走过多少还剩多少罢了，初读之下，平淡无奇，似乎随口念出，毫无修饰。但反复吟诵品味，便觉诗中别有一番意趣。

起首两句“江陵去扬州，三千三百里”，直接从广阔的空间着笔，道出旅程之远，让人不禁感慨：

归途漫漫，山高水长。“三千三百里”的数字，不仅道出旅程遥远，而且暗示路途艰辛。“已行一千三，所有二千在”两句，承前意而来，又暗含无限惆怅：长途跋涉，行程过千里，却还不到路途的一半。这里，简单的数字减法，减去的是短路，留下的是长路，满满的懊恼和焦急，如此，归心似箭的心情便跃然纸上。

读诗至此，不难发现，本诗的风趣新颖之处，全在三个数字里：首先，古人习惯用“三”来虚言其多，如“三思”“三秋”等，“三千三”所体现出来的旷远迷茫之感，远非实指的“四千四”“五千五”这些数字所能比；其次，“一千三”和“二千”的路程计算，又将虚指之数化为实指，既顾及文学上的夸张，又不悖数学上的逻辑，实在精妙；再次，“恨不一日归”的游子的微妙心理活动，全靠这一简单的数学计算才得以淋漓尽致呈现。

懊侬歌（其十二）

无名氏

发乱谁料理，
托侬[1]言相思。
还君华艳[2]去，
催送实情[3]来。

①侬：我。

②华艳：华美艳丽。这里指精美的发饰。

③实情：真情实意，深情厚谊。

“女为悦己者容。”诗歌里的相思篇章，往往写心上人不在身边，女子懒得修饰容颜，以致头发蓬乱，如“自伯之东，首如飞蓬”“宿昔不梳头，丝发披两肩”“头乱不敢理”“逋发不可料”，等等。这篇《懊侬歌》（其十二）同样写相思，同样写发乱，手法却与众不同，甚是有趣。

诗歌一反女子自述相思的常例，改以头发的口吻教训不懂女子心理的男子：头发为什么这么乱糟糟呢？这是主人要我替她传达相思之情呀。你这个人没一点情趣，光知道送些金钗玉簪，却不懂得如何温存体贴，金玉把头发装饰得再华美艳丽又有什么用？你要讨好安慰的是她！她要的是你的陪伴和关爱！所以，这些金钗玉簪全还给你，拿出你的真情实意来！

在这里，将女子的苦苦相思以致无心理妆完全避而不谈，而让看不下去、也忍受不了的一头乱发“出言相助”“仗义执言”，如此一来，一厢是看不过眼、愤言指责的头发，一厢是痴情温婉、相思消瘦的女子，一厢是木讷忠厚的男子，三个角色，一个指斥不已，一个羞于言说，一个被训得不知说什么，宛如一出小小的喜剧，一改相思诗篇哀怨苦楚之陈词旧调，真正活泼至极、新颖至极！

21. 读曲歌（八十九首选五）

无名氏

其十六

折杨柳，
百鸟园林啼，
道欢[1]不离口。

其二十一

逋发不可料[2]，
憔悴为谁睹[3]？
欲知相忆时，
但看裙带缓几许。

其三十

白门[4]前，
乌帽白帽来。
白帽郎，

是依良[5]，

不知乌帽郎是谁？

其五十五

打杀长鸣鸡，

弹去乌臼鸟[6]。

愿得连冥不复曙[7]，

一年都一晓。

其七十一

种莲长江边，

藕生黄檗浦[8]。

必得莲子时，

流离经辛苦。

---

①欢：女子的情郎。

②逋（bū）发：乱发，头发散乱。料：料理，梳理。

③为谁睹：即“谁为睹”，有谁看得到呢？

④白门：南朝刘宋都城建康（今江苏南京市）的西门，后成为南京

的别称。

⑤侬良：我的良人。良人，古时夫妻互称，后多用于妇女对丈夫的称呼。

⑥乌臼鸟：即鸦鸠，又名黎雀，北方称之为鸦舅，黎明即啼叫，比鸡叫得还要早。

⑦冥：黑夜。曙：天亮。

⑧黄檗（bò）：即黄柏，落叶乔木，树皮苦，可入药。浦：水边。

扫一扫，静静聆听

其十六

攀折杨柳柔枝，鸟儿在春日的园林里声声欢啼，竟是不停地叫着我心上人的名字呀。

其二十一

蓬头乱发无心梳理，我憔悴的容颜有谁能见到呢？想要知道我相思有多深，只需看看我的裙带又宽松了多少。

其三十

白门城外，戴黑帽和戴白帽的两个郎君远远地走了过来。戴白帽的郎君正是我的丈夫，不知道戴黑帽的郎君又是谁呢？

其五十五

打死一只叫个不停的公鸡，用弹弓射杀乌臼鸟。希望能够永远都是黑夜不会天亮，一年总共天亮一次才好。

其七十一

在长江边种莲，种在长满黄柏树的水边。收获莲子的时候，一定经历了几番流离和辛苦。

赏 析

“读曲”意为“低声吟唱”。《读曲歌》为南朝民歌，多写男女恋情，常用谐音双关，句式长短参差，简短而富有情趣。《乐府诗集》收录八十九首，属“清商曲辞”。

《读曲歌》（其十六）写恋人的欢会。虽只有三句，但构思奇特，想象浪漫，令人拍案叫绝：在春天的园林，折柳相送，两情依依，树上鸟儿欢叫不已，一声声、一句句竟然叫的都是心上人的名字。诗歌是从热恋中的女子的角度写的，实际上男女双方都会觉得百鸟在呼唤对方的名字，这是典型的移情手法，移情于物，故“物皆着我之色彩”，表面写鸟欢啼，实际写人欢会。短短十三个字，清新流利，环境、气氛与心境全出。

《读曲歌》（其二十一）写女子刻骨的相思，多有化用，委婉蕴藉：起首两句说头发乱如蓬草而无心梳理，不但梳理无人知晓，便是这般憔悴也无人知晓。这两句是从《诗经·卫风·伯兮》“自伯之东，首如飞蓬。岂无膏沐，谁适为容?”而来。后二句，不说因思念消瘦，而说裙带宽松，并用衣带宽松的尺寸来验证相思的浓烈。这两句是从《行行重行行》“相去日已远，衣带日已缓”化出。两处化用熔铸于一诗，其相思之苦更为深沉感人。

《读曲歌》（其三十）写女子等待丈夫归来时不平静的内心。诗歌只交代了等待的地点，对她等待眺望的具体情形略去不提，直接着笔于丈夫远远出现的那一刻。在女子的等待视线里，远远出现戴着黑帽和戴着白帽的两个身影——其中戴白帽的身影是那么的熟悉，正是她日思夜想的丈夫。看到丈夫的身影出现，那些焦急与紧张一下子被欣喜和轻松替代之后，她不由得好奇起来：那个和丈夫走在一起、戴着黑帽子的郎君是谁呢?短短二十一字，却多处重复字眼，简洁明快又小有波澜，将女子的神态和心理写得意趣横生。

《读曲歌》（其五十五）写女子的痴情，但妙在无一字从正面着笔，句句皆述其心愿：起首两句来得十分突兀，鸡、鸟报晓，于人有益，为什么要“打杀”“弹去”呢？读诗至此，个中端倪虽未窥得，但女子的愤恨之情已感受充分。接下来两句，答案揭晓：原来女子和心上人梦中欢晤，两情正缱绻，自然要恼怒憎恶总是聒噪于黎明时分惊醒人好梦的鸡和鸟了！“愿得”二字虽出现在第三句，实则统摄全篇，如此构思，新奇而曲折。乍读，颇觉莫名其妙；细品，不禁拍案称绝！

《读曲歌》（其七十一）看似叙述种莲之不易，实际上是言情，构思巧妙，语言自然。诗歌采用南朝民歌一贯的谐音双关手法，“莲”即为“怜”，“藕”即为“偶”，“莲子”即“怜子”，以种莲收获莲子为喻，叙述一对情人由初恋到结合一段艰难的过程。在这里，“种莲”喻初恋，“藕生”喻爱情成熟、结成配偶，四句诗中，言恋爱，言结婚，言流离，言辛苦，寓情于事，不专门抒情却处处有情，语短情长，语言简约，含义丰富，颇耐回味。

捉搦[1]歌（四首选二）

无名氏

其二

谁家女子能行步[2]，反著夹禅后裙露[3]。

天生男女共一处，愿得两个成翁妪[4]。

其四

黄桑柘屐蒲子履[5]，中央有丝两头系。

小时怜母大怜婿[6]，何不早嫁论家计[7]？

①捉搦（nuò）：犹言捉拿，含有男女相戏中捕获对方爱情之意。搦，握，持，拿着。

②能行步：这里是说走路的姿势很特别。

③反著（zhuó）夹禅后裙露：反穿着夹衣和单衣，而且不该露的后裙也露在外面。著，穿着。夹，夹衣。禅，单衣。

④成翁妪（yù）：指结为夫妻，白头偕老。

⑤黄桑：柘（zhè）树，形状与桑树类似，可提取黄色染料，故称“黄桑”。柘屐（jī）：柘木做的木屐。蒲子履：用蒲草编的鞋。

⑥婿：夫婿。

⑦家计：一家的生计。

赏析

《捉搦歌》是北朝民歌，《乐府诗集》归入“横吹曲辞”，现存四首，都是七言四句体，字里行间充满了我国北方劳动人民纯朴直率、大胆热烈的爱情婚姻追求，与南朝民歌的温婉含蓄、缠绵悱恻风格迥异。

《捉搦歌》（其二）写男慕女。首句以“谁家女子”起，引出“能行步”之语，暗示男子路遇一陌生女子，为这女子的走路姿态所吸引，因而心生恋慕。第二句“反著夹禅后裙露”，更是表明男子对女子反穿夹衣、单衣且下裳后幅外露这一装束也特别感兴趣。男子为女子奇怪独特的装束和天真无邪的憨态所迷，于是女步男亦步，女趋男亦趋，追随其后，如影随形，于是引出三、四句“天生男女共一处，愿得两个成翁妪”。仅仅作同路之人，这“共一处”是多么短暂，欲图久远，必须令这“共一处”发展成为“成翁妪”。在这里，男子爱慕女子的行步、装束，发乎情，倾乎心，以立愿婚配收结，可谓热烈大胆。而前言“男女”，后言“翁妪”，照应得当，情真语挚，读来十分感人。

《捉搦歌》（其四）写女思嫁。开头两句，以柘屐和蒲鞋比兴，柘屐结实耐用，可以登山；蒲鞋柔韧轻便，适于跋涉。但这两种鞋子“中央有丝两头系”，都需要“丝”来系住两头才能穿稳。此处“丝”是“思”的谐音，而屐履总是组合成双又极易引发人匹配成对的联想，如此，“思嫁”之意已明。而联系第三句“小时怜母大怜婿”，“母”和“婿”分明又是女子所牵系、所怜爱的“两头”，再参看第四句“何不早嫁论家计”，顿时了悟，原来是女大思嫁，向母亲表决心婚后定当兼顾娘家与夫家，催促母亲赶快将自己嫁掉。读诗至此，不禁为作者丰富的联想、独到的比附拍案叫绝！这种思嫁、催嫁，分明和《折杨柳枝歌》中的“阿婆不嫁女，那得孙儿抱”“问女何所思？问女何所忆？阿婆许嫁女，今年无消息”有异曲同工之妙，均见北地女子所别于江南女子的直率和大胆。

22. 十五从军征

无名氏

十五从军征，八十始得归。
道逢乡里[①]人：“家中有阿谁[②]？”
“遥望是君家，松柏冢累累[③]。”

兔从狗窦[④]入，雉从梁上飞[⑤]。
中庭生旅谷[⑥]，井上生旅葵[⑦]。

舂谷持作饭，采葵持作羹[⑧]。
羹饭一时熟，不知饴[⑨]阿谁。
出门东向看，泪落沾我衣。

---

①乡里：家乡，故乡。

②阿谁：谁。阿，句首助词，无意义。

③冢：坟墓。累累：一堆堆相连接的样子。

④狗窦：墙下方狗进出的洞。

⑤雉：野鸡。梁：房梁，屋梁。

⑥中庭：院子里。旅谷：未经播种、自己生长的谷物。旅，野生，不种而生。

⑦葵：葵菜，一种越年生野草，嫩叶可吃，茎、叶都能作药用。

⑧羹：菜汤。

⑨饴（yí）：同“贻”，送给。

扫一扫，静静聆听

十五岁就应征去参军，八十岁才退伍回来。半路上碰到一个故乡人，问："我家里面还有什么人?""远远望去，松柏掩映，荒坟成片的地方，就是你家了。"

走到家门前看见野兔从狗洞里出出进进，野鸡在房梁上飞来飞去。院子里长着野生的谷子，井台上长满了野生的葵菜。

捋些野谷舂米来做饭，摘下葵叶来做汤。汤和饭做好了，却不知送给谁一起分享。走出大门向着东方张望，老泪纵横洒落在征衣上。

赏析

《十五从军征》，《乐府诗集》归入“横吹曲辞”，诗歌通过一个服役六十五年的老兵的自述，用道逢乡里人的问答、田园荒芜的景象和羹饭熟后无人共享三组特写镜头，写战争带来的家破人亡，以个人悲哀展现社会悲哀，以此谴责战争及兵役制度。

起笔“十五从军征，八十始得归”两句，看似平平淡淡，实已奠定全诗的感情基调，其中有感慨，也不乏怨恨，仔细品味“始得”二字，即可领会。老兵和“乡里人”的问答一节，老兵问得急切：“家中有阿谁?”其惦念家中人的焦虑心情，跃然纸上；而乡里人的回答则较为迂回委婉：“遥望是君家，松柏冢累累”，虽未直接回答老兵所问，分明又道出他家中已没人，昔日房屋田园也已破败荒芜。对于老兵而言，这是他所获得的阔别了六十五年的家园的初步印象，道听远望之间，悲凉之气，油然而起。接下来“兔从狗窦入，雉从梁上飞。中庭生旅谷，井上生旅葵”四句描写，构成一幅残破零落的故园图景，这是老兵回到故居后的具体所见，兔走雉飞是动，谷葵丛生是静，动静结合，以动衬静，更见死寂荒凉，令人鼻酸心寒。于是，恓惶无措之下，老兵“舂谷持作饭，采葵持作羹”，想要借一番忙碌来暂时忘却伤痛。然而，“羹饭一时熟，不知贻阿谁”的现实，又迫使他从刚才舂谷做饭、采葵做羹的忙忙碌碌中清醒过来，重新陷入家破人亡、形影相吊的孤独与悲哀之中，且愈发精神颓丧、痛不欲生。痛苦茫然中，老兵走出破败的家门，向东张望，似乎等着谁回来，然而四顾无人，入目所见，尽是“松柏冢累累”，他再也抑制不住内心巨大的悲痛，泪落沾衣。其老迈无依、孑然独处、悲凉凄惨之状，如见如感。

无家别

[唐] 杜甫

寂寞天宝后，园庐但蒿藜[1]。
我里[2]百余家，世乱各东西。
存者无消息，死者为尘泥。
贱子因阵败[3]，归来寻旧蹊[4]。
久行见空巷，日瘦[5]气惨凄。
但对狐与狸，竖毛怒我啼[6]。
四邻何所有？一二老寡妻。
宿鸟恋本枝，安辞且穷栖[7]。
方春独荷锄，日暮还灌畦。
县吏知我至，召令习鼓鞞[8]。
虽从本州役，内顾无所携。
近行止一身，远去终转迷[9]。

家乡既荡尽，远近理亦齐[10]。

永痛长病母，五年委沟溪[11]。

生我不得力，终身两酸嘶[12]。

人生无家别，何以为蒸黎[13]？

---

①园庐但蒿藜：（昔日）家园，（如今）只见一片杂草丛生。庐，即居住的房屋。但，只，仅。蒿藜，蒿和藜，泛指杂草、野草。

②里：家乡，故乡，故里。

③贱子：这位无家者的自称。阵败：指邺城之败，唐肃宗乾元二年（759年）三月，唐朝六十万大军败于邺城，国家局势十分危急。为了迅速补充兵力，统治者实行了无限制、无章法、惨无人道的拉夫政策。

④旧蹊：昔日熟悉的小路。

⑤日瘦：日光惨淡。

⑥怒我啼：对着我发怒且啼叫。

⑦宿鸟本恋枝，安辞且穷栖：这里以“宿鸟”自比，意思是说，人皆眷恋故土，即使是困守穷栖，也不轻易离开。

⑧召令习鼓鞞（pí）：意思是说又被征去打仗。鼓鞞，古代军中常用的乐器，指大鼓和小鼓。

⑨终转迷：终究是前途迷茫，生死吉凶难料。

⑩家乡既荡尽，远近理亦齐：家乡已经一无所有，在本州当兵和在外县当兵都是一样，没有什么区别。齐，相同。

⑪五年：从天宝十四年（755 年）“安史之乱”起到这一年，正好五年。委沟溪：弃置在野外。指打仗在外，家中母亲病逝不得安葬。

⑫两酸嘶：指母子两人都饮恨。酸嘶，悲伤痛哭。

⑬蒸黎：百姓，黎民。

赏析

《无家别》是“三别”中的一篇，作于唐肃宗乾元二年（759 年）春。其主人公是邺城之战中溃散的士兵之一，才侥幸生还故里，马上又被征发。这位士兵回家后的情景与汉乐府《十五从军征》里老兵的遭遇十分相似。写法上，也是第一人称的自述，且以小见大。诗人从邺城败卒中选取的这个典型形象，无疑凝聚了古往今来无数家园被战争毁灭的士兵的共同命运，反映了人民面对战争的态度和复杂心理，也反映了他们对正常生活和亲情的留恋以及为国家承担责任的勇气。

诗歌起笔便是“寂寞天宝后，园庐但蒿藜”，写战后归乡途中所见，各处皆是故园荒芜。“寂寞”一词，渲染满目萧条的景象，表现出主人公触目伤怀的悲凉心情，奠定了全诗的感情基调。“我里百余家”至“一二老寡妻”具体写自己家乡的凄凉衰败：战乱流离，乡邻唯存老妪；家园荒芜，野兽不惮人来。

“宿鸟恋本枝，安辞且穷栖。方春独荷锄，日暮还灌畦”四句，写主人公回乡后的生活。尽管田园凋敝、故邻零落，但故土难离，生活需要继续，因此他又开始了披星戴月的生产劳动，不管多么艰辛，不管多么孤独，至少是一份渴盼已久的安定。

然而，事与愿违。“县吏知我至，召令习鼓鞞”，叛军未平，战乱未息，前线吃紧，需再上战场。战后归来，再度应征，何等大义！本已无家，而又别离，几多残酷！“虽从本州役”至“远近理亦齐”，是听到召令后的心理变化过程，层层深入，细致入微：这次服役，虽在本州，但环顾家中，无人相送，无物可携，庆幸之余，又不免伤怀不已。只身前往，或许了无牵挂，但终究是去往战场，前途迷茫，未知葬身何处。转念一想，家乡已经荡然一空，去得近、去得远又有什么区别？

尽管自宽自解，强作达观，但最悲痛的往事终于涌上心头。“永痛长病母，五年委沟溪。生我不得力，终身两酸嘶”：前次应征，长期卧病的老母亲就在“我”五年从军期间死去了，死后又得不到“我”的安葬，以至于“委骨沟溪”，令“我”一辈子都痛心不已。至此，满腔的悲伤与愤怒到了极点，喷薄成一句：“人生无家别，何以为蒸黎？”——已经是家都没有了，还要被征发，叫人怎样做老百姓呢？此一反诘，问得沉重，问得含蓄：把老百姓逼到没法做老百姓境地的人，又怎样做老百姓的主子呢？

23. 木兰诗

无名氏

唧唧复[①]唧唧，木兰当户[②]织。
不闻机杼声[③]，唯闻女叹息。

问女何所思？问女何所忆？
女亦无所思，女亦无所忆。
昨夜见军帖[④]，可汗[⑤]大点兵。
军书十二卷，卷卷有爷[⑥]名。
阿爷无大儿，木兰无长兄。
愿为市[⑦]鞍马，从此替爷征。

东市买骏马，西市买鞍鞯[⑧]。
南市买辔头[⑨]，北市买长鞭。
旦辞爷娘去，暮宿黄河边。
不闻爷娘唤女声，但闻黄河流水鸣溅溅[⑩]。
旦辞黄河去，暮至黑山[⑪]头。

不闻爷娘唤女声，但闻燕山胡骑鸣啾啾[12]。

万里赴戎机[13]，关山度若飞。
朔气传金柝[14]，寒光照铁衣[15]。
将军百战死，壮士十年归。

归来见天子，天子坐明堂[16]。
策勋十二转[17]，赏赐百千强。
可汗问所欲，“木兰不用尚书郎，
愿驰千里足[18]，送儿还故乡。”

爷娘闻女来，出郭相扶将。
阿姊闻妹来，当户理红妆。
小弟闻姊来，磨刀霍霍[19]向猪羊。

开我东阁门，坐我西阁床。
脱我战时袍，著[20]我旧时裳。
当窗理云鬓[21]，对镜帖花黄[22]。
出门看火伴[23]，火伴皆惊惶。
“同行十二年，不知木兰是女郎。”

雄兔脚扑朔，雌兔眼迷离[24]。

双兔傍地走，安能辨我是雄雌？

---

①唧唧：织布机的声音。复：反复。

②当：对着。户：门。古时的门，单扇曰户，双扇曰门。

③机杼（zhù）声：织布机发出的声音。机，指织布机。杼，织布机上的梭子。

④军帖：征兵的文书、名册，即下文的“军书”。

⑤可汗（kèhán）：古时北方少数民族对其君主的称呼。

⑥爷：父亲。

⑦市：买。

⑧鞯（jiān）：马鞍下的垫子。

⑨辔（pèi）头：驾驭牲口用的嚼子、笼头和缰绳。

⑩溅溅：水流声。

⑪黑山：今内蒙古呼和浩特市东南的杀虎山。一说是今北京昌平区天寿山。

⑫燕（yān）山：燕然山，即今蒙古国境内的杭爱山。一说是今河北北部的燕山山脉。啾（jiū）啾：马鸣声。

⑬戎机：军机，指战争。

⑭朔气：北方的寒气。金柝（tuò）：军中一种铜制的器具，白天用来做饭，夜晚用来打更报时，也叫刁斗。

⑮铁衣：铁甲战袍。

⑯明堂：皇帝用来举行祭祀、选拔人才和接见诸侯的朝堂。

⑰策勋十二转：记功很多次。策勋，记功。转，勋级每升一级叫一转，十二转为最高的勋级。十二转，不是确数，形容功劳极高。

⑱千里足：千里马，骏马。

⑲霍霍：象声词，磨刀时发出的声音。

⑳著（zhuó）：同“着”，穿。

㉑云鬓：形容女子浓黑而柔美的鬓发。

㉒帖：通“贴”，粘贴。花黄：南北朝时女子在额间贴星、月、花等形状的金黄纸片，或点饰黄色颜料，作为装饰。

㉓火伴：指同伍的士兵。火，同“伙”，古时军队十人为一火，同火者称为火伴。

㉔雄兔脚扑朔，雌兔眼迷离：据说，提着兔子的耳朵悬在半空时，雄兔两只前脚时时动弹，雌兔两只眼睛时常眯着，所以容易辨认。扑朔，指双脚动弹不停，一说，形容雄兔脚上的毛蓬松的样子。迷离，指眼睛眯着，一说，形容雌兔的眼睛被蓬松的毛遮蔽的样子。

扫一扫，静静聆听

叹息声一声又一声，木兰姑娘对着门在织布。听不见织布机的声音，只听见姑娘在叹息。

问姑娘在想什么，问姑娘在思念什么。姑娘没有想什么，姑娘也没有思念什么。昨夜看见军中的文告，知道可汗在大规模征兵，每卷征兵文书，都有父亲的名字。父亲没有成年的儿子，木兰没有兄长。木兰愿意为此去买鞍马，从此替父亲去出征。

跑遍了东西南北各个集市，购买了骏马、鞍鞯、辔头、长鞭等出征所用的器具。早晨辞别父母上路，傍晚宿营在黄河边，听不见父母呼唤女儿的声音，只听到黄河汹涌奔流的声音。早上辞别黄河上路，晚上到达燕山脚下，听不见父母呼唤女儿的声音，只听到燕山胡兵战马啾啾的嘶鸣声。

远行万里，投身战事，飞越一道道关塞山岭。

北方的寒气传送着打更的声音，清冷的月光映照着战士们的铠甲。将士们奋战十多年，有的英勇牺牲，有的得胜归来。

木兰归来朝见天子，天子坐上殿堂论功行赏。木兰战功卓著，被赏赐了很多财物。天子问木兰有什么要求，木兰不愿做尚书省的官，希望骑上一匹千里马，送我回故乡。

父母听说女儿回来了，互相扶持着出城迎接。姐姐听说妹妹回来了，对着门口梳妆打扮起来。小弟听说姐姐回来了，赶紧磨刀杀猪宰羊。

打开我东边阁楼的门，脱去我打仗时的战袍，穿上我以前的衣裙，对着窗户整理鬓发，对着镜子在额上贴好花黄。出门去见同营的伙伴，伙伴们都很惊讶：一同出征这么多年，竟然不知道木兰是女儿身。

提着兔子的耳朵悬在半空时，雄兔两只脚时常动弹，雌兔的目光时常眯着。雄雌两兔一起在地上并排着跑，怎能分辨得出哪个是雄兔，哪个是雌兔？

赏析

《木兰诗》又名《木兰辞》《木兰歌》，《乐府诗集》中属“横吹曲辞”。诗歌叙述的是木兰代父从军的故事，根据诗中“可汗”“黑山”“燕山”等字眼，这当是一首以北魏与柔然战争为背景的北朝民歌，约产生于北魏后期民间，后经文人润色加工，并在陈代以前定型。它稍后于《孔雀东南飞》，而与之南北辉映，并称“乐府双璧”，代表了乐府诗歌叙事艺术的最高成就。

开篇“唧唧复唧唧，木兰当户织。不闻机杼声，唯闻女叹息”四句，暗示木兰内心忧思深重，已无心织造，读之，令人疑云顿生，欲一探究竟。“问女何所思，问女何所忆”两句，实为一问，分作两句，问得关切；“女亦无所思，女亦无所忆”两句，承问而来，答得平静，可见木兰性格之沉静，也意味着木兰内心经过一番激烈冲突之后，已毅然下定决心。然而读诗至此，之前的疑问不减反增，诗歌在打下伏笔之后，方予以揭晓：“昨夜见军帖，可汗大点兵。军书十二卷，卷卷有爷名。阿爷无大儿，木兰无长兄。愿为市鞍马，从此替爷征。”不难发现，木兰替父从军之意志，实为对父之孝与为国之忠的凝聚，也是木兰为深明大义的巾帼英雄之明证。

“东市买骏马”四句，写木兰购买战具、作替父从军的准备，为表现繁忙紧张的气氛，诗中把一句可了的事情用铺陈手法排成四句，而将木兰与父母商量计议的内容全部略去，当繁则繁，当略则略，显示了高超的语言驾驭能力。“旦辞爷娘去”与“旦辞黄河去”领起的两组对比，通过黄河流水、燕山胡骑全然陌生的景象与昔日在家时闻“爷娘唤女声”的对照，不但暗示木兰已随军到了前线，而且将木兰出征之后生活所发生的翻天覆地的变化以及内心不适之感受一一凸现，真实可感。

“万里赴戎机”以下六句，写木兰从军生涯，笔墨变得异常精炼：“万里赴戎机，关山度若飞”两句，从空间着笔，写木兰所在军队征战之奋勇，“万里”“赴”“度”“飞”数语，极有气势；“朔气传金柝，寒光照铁衣”两句，则从时间落墨，写宿营之戒备警惕，也道出战地生活之艰苦卓绝。“将军百战死，壮士十年归”两句，互文见义，以将士之阵亡衬托木兰生还之不易，这里“百战”“十年”皆非实数，概言战事频繁、岁月漫长。多年的戎马生涯，将木兰锤炼成一名坚强的战士，作为一名女性，这期间她克服多少困难，经历多少刀光剑影的战斗，读者可以去想象。

“归来见天子”以下八句，写木兰功勋之高、天子赏赐之重，但木兰不愿受天子封赏，只愿还乡。木兰不受官职，固然可以说是鄙薄功名富贵，但也应知她此时尚隐蔽着女性的身份，在当时社会，女子从军本是万不得已，尚需乔装改扮，更不要说女子为官了。

“爷娘闻女来”至“不知木兰是女郎”一段，以浓墨重彩大书特书木兰还家。全家欢迎木兰归来，诗歌一气铺排三层六句，喜庆欢腾的气氛达到高潮：离家多年，父母已老迈，故彼此相扶出城迎女；阿姊闻妹来，依闺阁之礼，盛装打扮相迎；小弟长大成人，杀猪宰羊的任务便落到他身上。木兰归家，一派欢乐祥和、长幼有序的景象，木兰心中之喜悦欣慰，可想而知。入得门来，家人忙碌不提，转而写木兰恢复女儿身之乐。回到暌违多年的闺房，几多喜悦、几多感慨，尽在坐床着衣、理鬓梳妆一系列动作之中。而木兰“出门看火伴”一节，伙伴们惊诧不已的反映，颇具有喜剧意味，真是绝妙的团圆剧本！

末一段双兔并走难辨雌雄之喻，是木兰女扮男装的圆满解释，也是伙伴皆惊诧的喜剧性情节的袅袅余音。至此，木兰之英雄形象也更为丰满。

李波小妹歌

无名氏

李波[1]小妹字雍容，

褰裙逐马如卷蓬[2]。

左射右射必叠双[3]。

妇女尚如此，

男儿那可逢！

---

①李波：后魏时广平（今河北省永年县）人，宗族强盛，是当时一支民间武装力量的首领。他英勇善战，善于领兵，多次大破官军。

②褰裙：撩起衣服的前裳。卷蓬：被风卷飞的蓬草。

③叠双：用箭同时射中两人或物，一箭双雕。

赏析

北朝乐府民歌中，有不少诗篇反映出北方人民好勇尚武的风气，但写北地女子的豪勇，《木兰诗》之外，当推《李波小妹歌》。

这首诗赞美李波小妹李雍容能骑善射，武艺高强，英姿飒爽。首句交代李波小妹表字“雍容”，直接叙说，语气平和。二、三句语势转急，以骑射的场景对李波小妹的形象作动态勾画：你看她撩起衣裙，纵马驰骋在辽阔的原野上，如飞蓬般追逐前方飞驰的骏马。疾驰间，她时而左射，时而右射，左右开弓，不仅箭箭必中，而且都是一箭双雕。在这里，作者虽惜墨如金，却又逼真传神：“褰裙”“逐马”的动作描写极为精准，又与“如卷蓬”的生动比喻巧妙地融为一体，形象地再现了李波小妹的高超骑术；“左射右射必叠双”一句，一方面赞扬李波小妹神奇的骑射本领，另一方面也显示了她非凡的战斗业绩。至此，一位勇健英武、弓马娴熟的北方姑娘的形象生动地呈现于读者眼前。最后两句，以一反问句，从写北方女子的英勇转夸北方男子，由女子的骑射技艺推想男子的所向无敌。这样结尾，言有尽而意无穷，将中国北方的尚武精神张扬得令人神往不已。

总之，诗歌运用叙述、描写、议论三种手段，将李波小妹盘马弯弓、英勇善战的形象塑造得栩栩如生。而其刚健豪放的格调，与南朝民歌迂回宛转的风格大相异趣，不失为北朝民歌佳作。